*¡En el ocaso!, el viejo retoma el noble hábito de soltar el llanto,
no porque vuelva de nuevo a la infancia,
sino porque, las lágrimas,
enjugan el alma y aligeran el paso.*

Así son las noches de los viejos es una colección de relatos en torno a la vejez.

Todos los derechos © 2023 By Oscar Antonio Martínez Molina

Copia impresa depositada en Instituto Nacional del Derecho de Autor

Ciudad de México, abril de 2023

Diseño de Portada: *El padre*, Laura D. Martínez M.

Revisión y edición de textos: Heriberto Vizcarra

ASÍ SON LAS NOCHES DE LOS VIEJOS

OSCAR ANTONIO MARTÍNEZ MOLINA

Contenido

Así son las noches de los viejos 13
Doce uvas 64
La higuera y la vieja 66
Tía Elizabeth en el mar de la memoria 70
En la otra orilla del Tajo 83
De las evaporaciones o el acto de esfumarse 100
Los tres hermanos 106
Una tarde de lluvia y niebla en Madrid 116
El ataúd memorable 120
La abuela Otilia y la comadrita Micaela 124
La aguja de arria 131
La noche de los sapos 135
Respecto de las inconveniencias de escribir un diario (visión de un jubilado) 144
Por eso yo no bailo 149
Cena familiar de Navidad 151
Corazón de zorro viejo 158
El olvido, y las puertas y ventanas de la conciencia 161
La memoria y el ladrón de recuerdos 166
El Temporal 172
Te acuerdas de ella hermano 203
Berriozábal 205

La noble labor de parir historias

Aprendí a escribir historias una vez que quedé en silencio oyendo lo que el viento quería murmurarme al oído.

Una vez que la penumbra de la noche veló con un paño mis ojos.

Una vez que la miel de sus labios invadió por mi boca, mis sentidos, mi mente, el universo entero.

Una vez que su cuerpo desnudo se hizo uno solo con el mío.

Justo al día siguiente escribí en un viejo cuaderno:

Había una vez un hombre y una mujer.

Había una vez el viento y la penumbra.

Había una vez el universo, la mente, los sentidos.

Había una vez un Dios que se hizo hombre.

Y el verbo que se volvió palabra.

Camino

Sustancia

Verso

Canción

Historia

Cuento

Había una vez un hombre que bajó del cielo y comenzó su andar en la tierra.

y recogió los frutos de las semillas regadas con el agua de lluvia;

había una vez un hombre que llenó de dibujos las cavernas;

había una vez un hombre que bajó del cielo y se hizo carne, huesos, misterios

y se enredó en los cabellos de su hembra.

Así son las noches de los viejos

Primera parte

> ¿A mí mismo no me había enseñado la experiencia que ninguna palabra puede decir tanto como el silencio?
>
> Yasunari Kawabata

I

Dormí la siesta desde las tres hasta las cuatro y media de la tarde. Me despertó el zumbido de la radio. Mi mujer escucha una serie radiofónica que estuvo de moda cuando éramos jóvenes y que, ahora, ha vuelto a ponerse en el programa, en un afán de la estación de radio de rememorar tiempos pasados.

Ella se acuerda muy bien de los actores, todos muertos hoy en día.

—¿Qué caso tiene volver a saber de esas historias —le dije alguno de estos días—, sobre todo si sabes cómo terminan? —Ella solamente chasqueó los labios a modo de respuesta.

Mi mujer y sus manías, yo y las mías.

Dejé mi sillón de siesta y corrí a toda prisa al baño, la urgencia por orinar, la pesadez y la molestia en mi vientre. Ya sé que se trata de la vejiga, —la próstata hipertrofiada, ha dicho mi querido doctor—. Me paro delante de la taza de baño y empieza mi suplicio. Espero paciente a que el chorro de orina me haga el honor de fluir. El tiempo pasa entre quejidos exhalados por la boca y pujidos alternos del abdomen y la pelvis, amén de los ejercicios que mi doctor me recomienda.

—Entre pujido y pujido, aprieta el suelo pélvico —me dijo alguna mañana.

—¿El suelo pélvico? —pregunté con la angustia de no saber cómo hacerlo. Fue cuando me explicó, más terrenalmente, que apretara y relajara las nalgas. Y mejor aún, que apretara el culo. Cuando dijo esto último, lo entendí perfecto y es lo que hago ahora. Pasa el tiempo y nada; a veces canturreo con el fin de distraer mi mente, de dejar de pensar en el chorro de orina que se niega a salir. Duele el vientre. Mi mujer oye mis pujidos.

—Abre la llave del lavabo —dice mi mujer. Ella tiene la teoría de que, si escucho correr el agua de la llave, empezará también a salir mi propio chorro—. Te llevaré un paño caliente —grita desde la sala. Sí, también tiene la idea de que el calor en mi vientre hace que la próstata se abra. Ella se imagina una pequeña llave de paso que se abre y se cierra según esté caliente o frío mi vientre.

Escucho sus pasos acercándose y entonces, quizás por la incomodidad de que me vea, comienza a fluir un chorro fino, adelgazado; un chorro delgado de orina que empieza a aliviar mis pesares. El fluir es eterno, comienza y para; suspiro y emito un leve quejido que acompaño después con un pujido; vuelve el chorro fino y se detiene y, de nuevo, todo el proceso hasta que ya no puedo más y caigo exhausto. Sacudo y limpio, espero algunas gotas traicioneras. Lavo mis manos y vuelvo a la sala, solo queda, como flotando en el aire, el deseo de volver a orinar.

Esto que me pasa a mí —y no es consuelo— les pasa también a mis amigos, lo hemos platicado, largo y tendido. Hemos hablado de la angustia que pasamos en los retretes públicos; la impaciencia de los que esperan en la fila mientras nos retorcemos frente al mingitorio, de la farsa que tenemos que inventar cuando, después de varios minutos sin poder orinar, sacudimos el inservible aparato y abandonamos el intento, para dar paso a los jóvenes. La envidia al escuchar el rápido flujo de sus caños y sobre todo la sinfonía del chorro ruidoso y potente, y el regreso inmediato y anónimo al retrete para volver a hacer otro intento.

Eso es lo que hablamos entre los amigos, entre los viejos amigos, entre los viejos carcamanes. Y hablamos también de los dolores en las rodillas y las caderas, y de cómo nos hemos quedado trabados de la cintura, del dolor que corre desde la nalga hasta la punta del dedo gordo. De lo lento que son ahora nuestros pasos, de los cuidados que tomamos al ponernos de pie o al sentarnos. Y veladamente, también, hablamos de lo otro, del sexo con nuestras mujeres, de lo joviales que se ven ellas, de las coqueterías que nos muestran cuando estamos reunidos en grupo, y de la inmensa soledad puertas adentro.

Casi todos dormimos, ya, en cuartos separados. Y platicamos también de lo que nos rodea. De la luz que se prende mientras paseamos y se nos atraviesa una mujer joven, la ternura de mirar sus risas frescas, la pasión al movimiento de sus caderas, y que de reojo miramos sus piernas, sus pechos, y nos sentimos vivos otra vez. Porque a estas alturas ya no pretendemos sentirnos jóvenes sino vivos.

Los viejos somos, también, animales solitarios, nos apena demostrar estas angustias, y nos molesta que los otros sepan de nuestras impotencias. De allí nuestras pocas horas de sueño, de allí el abrir los ojos a media noche y esperar a que corran lentas las horas durante la madrugada. Entre hora y hora, de nuevo, el trastabilleo nocturno para alcanzar el baño, el pestañeo y el sopor frente al retrete, la espera y los pujidos, el dolor de vientre, el hilo delgado de la orina fluyendo por el caño.

Mañana, la ilusión de estar con los amigos, el café en Coyoacán, nuestro día de asueto, la mesera llegará con los pantalones ajustados o con la falda por encima de las rodillas. Irá de mesa en mesa, alegrará nuestras entristecidas tardes. Nos miraremos unos a otros y, entre suspiros, volveremos tiempo atrás a los recuerdos. La memoria de lo que fuimos, la memoria de lo que jamás volveremos a ser; al caer la tarde, el regreso a casa, el sillón de reposo, la música, algún libro, el pestañeo, la pastilla para la presión, la de la vitamina, la de la próstata, la de la vejiga, la del insomnio...

—Se llama Sofía —le dije esta tarde a mi mujer, al volver a casa.

—¡Sofía! ¿Sabes que es sobrina de mi amiga Beatriz?

—Trabaja allí en la cafetería.

—Es mona.

Cuando abrí de nuevo los ojos me encontré pujando frente a la taza de baño.

II

De Sofía, decimos que es una niña y así la vemos todos. Debe rondar los cuarenta. Es alta y delgada. Sabemos que se divorció hace mucho tiempo porque ella misma nos lo ha dicho.

—Tú debes ser el más joven de todos estos —dijo Sofía, refiriéndose a mí, una tarde de hace un par de años al llevarnos el café y los panecillos a la mesa. Asentí discreto, moviendo la cabeza, y el resto explotó en una ruidosa risa, señalándome: es el abuelo de nosotros, es el más viejo.

Reímos, por supuesto. Eso fue hace dos años, acababa de cerrar un ciclo de setenta y cuatro años.

Hasta los sesenta años, once meses y veintinueve días uno no se concibe viejo, anotar setenta, ese miserable siete seguido del cero, resulta insoportable. Mi mujer estaba empeñada en celebrarlo con una gran fiesta, hasta que, en una especie de encendida cólera, rechacé tal infamia. Lo de la misa de acción de gracias, por supuesto que ni siquiera tuvo el valor de mencionarlo. Pero, volviendo a lo de Sofía y su expresión de verme como el más joven del grupo, ese guiño que me hizo llegar con la mirada, esa sentida forma de tocar nuestras manos, esa palmada en el hombro, no solo a mí, sino a cada uno de nosotros.

—¡Excita! —dije algún día cuando fue motivo de nuestra plática, A ver si ahora me explico, mejor aún, si me comprenden. Es un toque absolutamente casual y, yo diría, involuntario. Sofía habla con nosotros, se acerca, mueve las manos, ríe, atiende otras mesas, nos ofrece algún postre, otro café, desde luego, y de pronto en esa cercanía, apoya su mano en nuestro antebrazo o nos puede dar una palmada tan fugaz que pase inadvertida. Y allí justo llega esa descarga íntima, sensual hasta la médula. Ese roce fugaz es lo único que basta para desencadenar una cascada de emociones—. Implícitamente sensuales, —dije, y todos quedaron mudos. Perplejos.

—¿Relaciones sexuales? —dijo alguno de ellos y, en vez de reír, nos quedamos viendo, sin saber qué decir.

Callados, a partir del comentario, nos pasamos el resto de la tarde siguiendo el ir y venir de Sofía de una a otra mesa. Las caderas y los muslos no volvieron a tener la pasada inocencia, ni los pechos, ni siquiera la sonrisa.

—No sabría qué hacer si estuviera a solas con ella. —Lo dije yo, pero lo pudo haber dicho cualquiera de nosotros—. ¿Nos avergonzamos los viejos de nuestros deseos íntimos? —dije entonces para romper aquel silencio. Nos miramos con esa incierta necesidad de abordar la plática en ese rumbo y, a la vez, dejarlo pasar por la libre. Por supuesto que le entramos. Somos cinco sujetos que hemos ido hermanando una amistad a lo largo de cuarenta años, como para no embarcarnos en ello, además, la cercana presencia de Sofía marcaba el momento justo de hacerlo.

—Lo cierto es que yo —dijo el primero que tomó la palabra— me levanto cada mañana con la carpa arriba.

—A eso se le llama priapismo inconsciente o involuntario —dijo otro—, a mí también me pasa, pero deja decirte con la pena que eso nada tiene que ver con el sexo.

—Hombre, no seas tan cruel, al menos deja que se ilusione —dije yo y todos soltamos la carcajada—. Pero hablemos de nuestras relaciones sexuales, de nuestras ganas, de nuestros deseos carnales. —Esperé a que empezaran a surgir respuestas.

—Pero, primero que nada —dijo alguien más—, veamos donde estamos parados, la sociedad, y esto ha sido así en todas las épocas, ha visto nuestra condición de viejos en ese terreno, como escandalosa, me refiero a cuando la manifestamos, y nos encasillan sin más, en que, a una determinada edad, debemos ser célibes y santos.

—Cierto —dije yo—, en general la sociedad no tiene idea de lo que podamos sentir, y, si ustedes se ponen a pensar un poco, las historias escritas nos hacen ver como figurines libidinosos, o como cornudos infantiles, y claro, no se trata de ser un don juan conquistador, se trata de la intimidad con nuestras mujeres, se trata de la ilusión con mujeres como Sofía. por supuesto, porque en nosotros la sexualidad no pasa necesariamente por el acto mismo, puede ser un roce, un apretón de mano, una ilusión en la mente como la que, nuestra querida Sofía nos ofrece.

Lo del café, los pastelillos y, las galletas, me remite después a los dichos respecto a la sexualidad en la vejez, de otro viejo cascarrabias. Freud dice, y ya lo habíamos comentado entre nosotros, que, en el viejo, la sexualidad se infantiliza y vuelve a ser oral y anal.

—Sí, lo recuerdo muy bien —dijo alguno más—, lo oral se refiere a que tragamos todo el día, como pelones de hospicio, y lo de anal, porque nos preocupamos mucho por la caca.

Yo pienso que Freud se la jalaba demasiado.

—El que fue un pito suelto en la vejez fue Hugo —exclamó uno de los amigos, sentado a mi lado.

—¿Qué Hugo? —pregunté.

—Víctor Hugo, el de Notre Dame, el de Los Miserables —respondió mi amigo—, el cabrón no se cogía solo porque no se alcanzaba.

Esa noche, de vuelta a casa, tomé una ducha. Volvía una y otra vez en mi mente. Sofía y el desparpajo de su risa. En la sala, mi mujer puso a todo volumen el Danzón Número 2 de Márquez; tenía la puerta del baño abierta, oía con toda claridad la música, el agua de la regadera corriendo por mi cabeza, por el cuello, por la espalda. En algún momento, de nuevo la sensación de la mano de Sofía, y la palmada sobre mi hombro.

Dejé que el agua refrescara mi cara. ¡Excita!, dije entre mí, pensando que los viejos también jugamos solos. ¡Masturbarse! No es ni un refugio ni un paraíso exclusivo de los adolescentes ni de los hombres jóvenes.

III

Lo del danzón de Márquez, el número 2, la sala para nosotros, mi mujer y su clásica petición, para mí, una cubita suave; se la preparé como sé que le gusta. Lo mío, un güisqui. Bailamos desde luego. Esa soltura con la que baila mi mujer, ese dejarse llevar al ritmo de mi paso y al compás de la música.

La ligereza con la que me muevo también es de tomarse en cuenta.

—¿Tu rodilla?, ¿tu cadera?, ¿tu lumbago? —pregunta mi mujer, haciendo breves pausas entre cada una de las regiones y acompañando cada pausa con esos movimientos de cejas y esa sonrisa que ilumina hasta el alma.

—Neurobion retard, norflex plus, neurontin, flanax y desde luego melox, riopan, y omeprazol para proteger mi estómago —respondo y reímos porque, a estas alturas, lo único válido entre nosotros es reírnos de nuestros achaques y darle vuelta a la página.

—¡Acalorado! —dice mi mujer, un poco extrañada del porqué de mi ducha.

—El paseo con los amigos, el café de esta tarde.

—Y Sofía, porque hay que ver con qué paciencia los soporta a cada uno. Mi amiga Beatriz dice que Sofía es un amor, ya te había dicho que es su sobrina, es hija de su hermana. Se divorció apenas al año de casada, un vividor, el exmarido, un bueno para nada, pasó por una depresión la ingrata. Por fortuna, sin hijos. Anduvo dando tumbos por acá y por allá hasta que halló el trabajo de la cafetería, es socia de allí, ¿lo sabían ustedes? Minoritaria, pero, socia al fin.

Y entre paso y paso de danzón me quedo pensando en que mi mujer, en apenas un par de minutos, resumió la vida de Sofía, de la que, por otra parte, ninguno de los amigos, teníamos idea. Así son los días de nosotros, los viejos, salvo algunas excepciones, solemos desconocer estos detalles. Las esposas, en particular, y las mujeres, en general, inquieren, observan, obtienen datos y se los comparten una a otra, van llenando fichas hasta conformar el perfil que buscan, hasta cerrar el círculo. Lo de Beatriz y mi mujer es parcialmente cierto o parcialmente falso, según se vea; son conocidas, no amigas, habrán cruzado palabras eventualmente. Ha sido de Sofía de la que han ido obteniendo datos.

Hola, Sofía, la guerra que te darán estos ancianos, habrá exclamado alguna de las esposas, que, para fines prácticos, da lo mismo quien haya sido. Conociendo a Sofía, solo habrá sonreído.

Lo celoso que se pondría tu marido si te viera en medio de estos, dirá una segunda esposa. Sofía volverá a sonreír y quizás agregue que no tiene marido. Aquí miradas que se cruzan.

Pero habrás tenido. Tiempo ha..., la respuesta. Así hilvanan las mujeres sus tejidos, cortan, por un lado, remiendan, por el otro, cosen y descosen, meten hilo para sacar aguja, y, al final, logran tener la pieza completa. Los hombres, y repito, salvo algunas excepciones, solemos cruzar de una orilla a otra, a ojos cerrados.

De Sofía lo ignorábamos todo, y esencialmente lo seguimos ignorando, solamente nos interesa que el café esté en su punto y, en eso sí, somos quisquillosos.

Que el café no esté ácido, Sofía; que tenga la temperatura precisa, Sofía; que el mío sea de Chiapas, y el de este sea de Veracruz, Sofía. Sofía, Sofía, Sofía... Y nos sentimos queridos por la mirada y la risa, y por la confianza y las bromas, y por el discreto e involuntario roce de su mano, y el apretón y la palmada en el hombro. Fetiche, sus manos blancas, sus dedos suaves, la palma cálida, las uñas cuidadosamente arregladas. La explosiva sensualidad en esas manos y, aquí, la revelada historia del viejo; a estas alturas muchos de nosotros haríamos el ridículo intentando enamorar a una mujer como Sofía, caeríamos en el lugar común de los viejos verdes explotados, impotentes y sumisos, avergonzados de nosotros mismos. Lo de las manos de Sofía es diferente, es la sensualidad en todo su apogeo, es esa mano que, al roce, alivia el dolor físico, reconforta el pesar del día, apapacha y excita, nos hace sentir de nuevo jóvenes.

Esta tarde, al despedirnos, Sofía estrechó cálidamente nuestras manos.

—Es muy cuidadosa de sus manos, debe usar alguna crema especial, con tantas veces que se lava las manos, quizás las remoja en agua tibia, agua de Romero... Esa fue nuestra plática mientras caminábamos hacia nuestros coches.

¡Las manos de Sofía! Podría sacar un molde de ellas en yeso, vaciar el molde de yeso en cobre, pulir el cobre bruto, abrillantar y patinar la pieza, hacer una escultura.

IV

—¡Internaron a Paco! —La expresión de mi mujer al colgar el teléfono. Paco es uno de los amigos del grupo, es el primero que menciono por su nombre en esta historia; y, en casa, el teléfono todavía se cuelga, es el teléfono fijo al que nosotros, amigos de toda la vida, seguimos llamando, en particular porque es el número que cada uno guarda en la memoria.

—¿Paco? —pregunté y, al mismo tiempo, empezaron a girar las cosas dentro de mi cabeza.

Las desacertadas escaramuzas de la mente del viejo; si cae enfermo alguno de los amigos, el resto da por hecho que se ha roto el equilibrio, que se ha esfumado el hechizo que nos mantiene sanos y que, como fichas de dominó, iremos cayendo uno tras otro.

—Me ha llamado Silvia ahora mismo —agregó mi mujer. Silvia es la mujer de Paco.

—¿Algo grave?, ¿algún problema serio?, mujer que te lo tomas, así como si nada —le dije, y la miré de reojo.

—Desde ayer por la tarde empezó primero con un dolor de vientre, no ha podido sacar la orina durante muchas horas y le han colocado una sonda, pero el doctor ha indicado operarlo de inmediato. Ha estado expulsando sangre.

Bueno, había caído el primero. Enseguida el repiqueteo en los teléfonos.

—Hipertrofia prostática benigna, sí. Le han colocado una sonda urinaria para evacuar la vejiga y le harán, a la brevedad, la resección transuretral endoscópica de la próstata. —El diagnóstico preciso y la técnica quirúrgica indicada corriendo de boca en boca entre las amigas que, para eso de puntualizar datos e historias, tienen una memoria impecable y, además, se pintan solas.

Pero, la falla y el juego del teléfono descompuesto.

Mi hija al teléfono: —Papá, ¿cómo está Paco? —Somos cinco amigos y cinco parejas, cada pareja con dos o tres hijos, ahora ya con nietos, un mundo de gente que ha crecido en torno nuestro, a cuál más interesado en el destino del otro.

—Hija, en este momento lo están operando —le respondí.

—¿Pero, dónde están ustedes, que por aquí no los veo?

—Sanatorio de Enfermedades Urológicas —leí el nombre al teléfono— así se llama.

Mi hija colgó el teléfono y, treinta minutos después, la tenía junto a mí, y con ella a tres o cuatro coches más, con otros hijos, nueras y yernos de todos nosotros.

—Mamá me dijo que había sido de emergencia, y también algo de sangrado y de haberle colocado un catéter y, por supuesto, lo de la intervención quirúrgica.

—Sí, hija, pero quién dijo lo del Instituto de Cardiología —pregunté.

—Papá, a su edad eso lo das por hecho, además si te dicen del sangrado y el catéter, ¿en qué piensas?

La intervención de mi mujer y de la esposa de Paco en la plática: catéter o sonda son lo mismo, dijeron.

—No, el catéter va en las venas y las arterias, eso me lo ha dicho esta mañana mi marido —exclamó mi hija. El esposo de mi hija es arquitecto, por eso cree saberlo todo.

Al corrillo, agregándose otros hijos y otras esposas. Algunos venían del Hospital de Enfermedades Gastrointestinales.

—Es que como me dijiste lo del vientre —reclamaba otro de los hijos a su madre, esposa de otro de los amigos—, pues mi mujer supuso que sería alguna torsión del intestino o alguna úlcera sangrante, porque además de vientre dijiste que sangraba. Por eso mi mujer recomendó ir a lo de gastrointestinales, ella sabe lo de las úlceras y lo del vientre. —Su mujer estudió filosofía y letras y ha leído toda la historia del hombre, incluido el impacto del estrés y las úlceras en la vida moderna, por eso lo intuyó.

En el colmo del teléfono descompuesto, escuché el vozarrón de Ángel, (el segundo nombre de los amigos que sale a flote): —¡Qué pendejada dices, hijo!, en ningún lugar estamos velando a Paco...

Nos movemos con parsimonia, y por supuesto con algunas risitas veladas; del susto inicial, al conocer la noticia esta mañana, hemos dado paso a la calma, sin ocultar, desde luego, el asombro de nuestras caras esperando en la sala de espera del sanatorio. Esa seriedad con la que nos saludó el urólogo, joven aún; no se imagina que, al llegar a nuestra edad, tendrá nuestras mismas dolencias y angustias.

Volviendo a la retórica entre nosotros, hombres y viejos, esta suele ser puntual y justa, para no dar pie a enredos y despropósitos.

Así nos fuimos dando a conocer, entre nosotros los amigos, lo de Paco:

—Le han colocado una manguera en el pito. —Y en cuanto a la gravedad, y una vez repuestos del susto, dijimos—: Lo que es a este, después de que le raspen la próstata, ya no se le para.

V

De algún modo, lo de la cirugía de Paco nos llevó a replantear nuestro camino. Durante las siguientes tres semanas, su ausencia en la cafetería nos mostró la vulnerabilidad en la que estamos expuestos. Sofía, siempre oportuna en su mirada y, sobre todo, en lo que a dar ánimos se trata:

—Vamos, chicos, que en breve lo tendremos por aquí de vuelta —Eso de chicos es una expresión que a los viejos nos rejuvenece de golpe.

Todo muy bien en la cirugía, sin embargo, los inconvenientes de la sonda, el sangrado que se prolongó algunos días, la debilidad en la salud de Paco y, en particular, el desánimo.

—Lo de la presión arterial que se ha disparado un poco —me dijo mi mujer, dos o tres días después de que Paco salió del sanatorio.

—Toma Losartan, igual que yo —le dije, a modo de comentario—, creo que lo consultaré con el cardiólogo; ya que, por lo que veo, ese medicamento no es tan bueno.

—Lo de Paco ha sido por lo del sangrado y, además, él toma otra cosa. El que toma Losartan es Miguel —agregó mi mujer. (Miguel es el tercero de los amigos con nombre en esta historia). Y en efecto, él es el que toma Losartan, como yo.

—¿Entonces qué toma Paco?

—Es algo en una cajita blanca con azul y letras rojas, la pastilla es blanca. Ah, y es muy pequeñita.

—Entonces no es la misma que yo tomo —dije—, porque la pastilla de Losartan es pequeñita y es blanca, y la caja tiene letras rojas.

—¿Y de qué color es la caja?

—Azul y blanca —respondí con la seguridad de estar tomando Losartan desde hace más de veinte años.

—Por eso te digo que no es la misma —dijo mi mujer.

Pero, volviendo al principio, lo de Paco nos movió el paso. Los viejos nos sentimos habitualmente con una certeza de que estamos por encima de nubarrones, y que pensar en la enfermedad o la muerte es tema que nuestra filosofía acepta; sin embargo, cuando se le ve llegar tan cerca, conmueve. Y no es que nos asuste considerar la muerte como algo que está cada vez más cerca, sino que tratamos siempre de creerla aún lejana, a menos que las congojas o las penas nos hagan considerarla como una salida, que no es el caso de ninguno de nosotros.

Con esta sensibilidad en la piel, lo comenté una tarde de estas con Ángel, mientras esperábamos en la cafetería la llegada de los otros dos. Paco se hallaba aún convaleciente. Mención aparte, Sofía se cortó el cabello, luce más delgada con un flequillo que da un encuadre a su cara. Las manos, palomas blancas que surcan el aire.

—El espejo no tiene memoria para cada uno de nosotros —dije a Ángel, él hizo un gesto de extrañamiento elevando las cejas.

—¿Qué te traes ahora entre manos?

—Me refiero a que el hombre, al verse en un espejo, no tiene memoria del paso del tiempo, y que nosotros tenemos una percepción juvenil de nosotros mismos. La visión cotidiana no nos deja percibir los cambios diarios. Son los otros, particularmente aquellos que dejan de vernos por largas temporadas, los que descubren nuestros cambios. Las arrugas en la cara, el cabello más ralo, la papada y los párpados caídos, el cabello cano. Los cambios que nosotros apreciamos como sutiles, en los otros son cambios abismales, y lo mismo pensamos cuando los otros somos nosotros. Nuestra percepción del paso de los años la vivimos al revisar viejas fotografías, pero eso no lo hacemos en el día a día.

Ángel asintió con un movimiento de la cabeza.

—Yo no te veo tan cambiado respecto al día de ayer, o de hace un mes, o al año pasado —dije—. Tu cabello se ha ido blanqueando a mi vista; sin embargo, como te veo tan seguido, no he podido registrar tu envejecimiento. Y te veo tan ágil como siempre, ágil en tu andar, seguro en los movimientos que haces, porque la referencia que tengo de ti soy yo mismo y, por lo tanto, yo me siento tan ágil y tan jovial como tú.

Para ese momento se habían unido ya los otros dos amigos, Miguel, y Carlos (ese es el nombre del cuarto amigo). Escuchaban atentos, siguiendo mis conjeturas.

—Es la biología de la vejez la que nos muestra la realidad y la que nos da los más duros palos —continué, y me referí a lo frágil que resulta nuestro cuerpo y lo fácil que es romper el equilibrio—. No son tan solo los cabellos canos, el abdomen abultado y fofo, las arrugas y la piel flácida, la espalda encorvada, los dientes cada vez más flojos, la visión disminuida y por allí me puedo seguir, sino lo que las provoca y que no podemos ver en el espejo. Las articulaciones desgastadas, las arterias esclerosantes o esclerosadas, el crecimiento de la próstata y la flacidez de la vejiga, con toda la sarta de consecuencias de las que, de distintas maneras y variadas intensidades, todos nosotros hemos acusado huellas.

—¡La mente!, la capacidad de nuestras respuestas cerebrales —exclamó Miguel. Los cuatro hicimos una pausa, bebimos un trago de café.

—Lo que vimos con Paco es de tenerse en cuenta — agregó Carlos.

Dos semanas después de la cirugía de Paco y, después de haber pasado días con la compensación y la descompensación de la presión arterial hasta que, finalmente, regresó a sus cifras habituales, 130/70, volvimos a verlo. La prudencia nos hizo mantenernos pendientes de lo que sucedía en torno a su salud, esperando que fuese Silvia, su mujer, la que nos diera luz verde para visitarlo. Y así fue en efecto. Nos recibió en la sala de la casa, Paco, semisentado en un reposet, el rostro demacrado y serio, a pesar de nuestras bromas. En un par de semanas sus carnes se habían vuelto más flácidas y con una marcada palidez. Finalmente, después de dos intentos, le habían retirado la sonda.

—Eso anima —dijo Paco; sin embargo, era difícil para él seguir el hilo de nuestra conversación y, sobre todo, dar con los guiños de nuestras bromas de las que, sabíamos, él era un partícipe singular.

Silvia nos explicó después, una vez que nos despedimos de nuestro amigo:

—Ha sido todo: el estrés de la cirugía, el sangrado, los cambios en la presión arterial, la ansiedad de saberse en un sanatorio, el aislamiento y el extrañar a sus amigos.

—Al teléfono, habla muy poco —dijo esta vez Ángel, y volvimos a nuestras tazas de café—. Muy apenas puede seguir la plática, y esta mañana, todo el tiempo que tardó nuestra conversación, me confundió con otro.

—Qué pasa chicos, los veo muy apagados —dijo Sofía. Nos trajo banderillas. Antes de ir a otra mesa, acarició mi brazo. Me remonté sesenta años atrás, escuela preparatoria, hacía modelajes en plastilina. Lo de sacar un molde de yeso de sus manos es una cuestión que gira y gira dentro de mi cabeza.

VI

Retomo aquí la plática de la cafetería:

—No comulgo con tu dicho de que la vejez sea una intermediaria entre la enfermedad y la muerte —dijo Carlos—. Consideremos que enfermos los hay en todas las edades y, es más, he leído por allí que los viejos somos más capaces que los jóvenes para soportar los cambios en la presión arterial, y que los infartos del corazón son menos fatales en la gente de nuestra edad.

—En eso sí tiene razón Carlos —dijo Miguel—, ya lo había leído por allí; sin embargo, aterricemos en que, en la vejez, las condiciones pasan, necesariamente, por un desgaste. Imaginemos nuestros cuerpos como máquinas, como motores, ya se pierde aceite, algunos engranes no corren, algunas piezas se han ido oxidando y otras, simplemente, ya no sirven. Así pasa con nuestros motores; los cartílagos se resecan y se anquilosan, las vértebras se vuelven porosas y se tuercen haciéndonos más chaparros, los músculos se debilitan y eso nos vuelve más torpes y propensos a caídas.

—Justamente a esto me refería, Carlos —dije mirándolo a él—, no es tan solo nuestra apariencia física externa la que se transforma; lo que ocurre dentro, en esta máquina que señala Miguel, lo queramos o no, cambia. La hemostasia se rompe.

—¡Homeostasis! —me corrigió Miguel—, la hemostasia es algo de la sangre, la homeostasis es algo que tiene que ver con el equilibrio de las cosas.

—Tenemos que aceptarlo —intervino Miguel, esta vez con un dejo de incredulidad y asombro.

—Veamos por ejemplo lo de los genitales, que, querámoslo o no, se nos han ido encogiendo, —agregó, y las risas entre nosotros.

—Yo ya ni me lo encuentro —dijo Ángel.

—Allí lo debes tener bajo la barriga, es esa pendejadita que confundes con el ombligo —exclamó Carlos. Risas y más risas.

—A veces resulta un sacrificio dar con él —dijo Miguel—, sobre todo cuando llega la urgencia de mear, como ahora. —Salió de prisa hacia los baños.

Reímos como hacía rato que no lo habíamos hecho, Sofía nos miraba de reojo.

Esa misma noche, en medio de la oscuridad y el insomnio, recapacité: la vejez no es una rampa o una pendiente por la que todos bajamos a la misma velocidad, es más bien un tramo de peldaños irregulares por los que algunos se precipitan más rápido que otros. Pero, de alguna manera, estemos contentos, ya que, después de todo, hay muchos que no llegaron a este tramo.

Seis semanas después, el grupo completo, ahora nos turnamos para pasar por Paco. La alegría y la calidez de Sofía al volverlo a ver, el pastel, cortesía de la cafetería, el abrazo, inclusive el beso en la mejilla.

Hay una laguna en la mente de Paco que no alcanzo a comprender.

Esa misteriosa particularidad del cerebro que tiene para olvidar hechos, para no registrar lo sucedido.

Paco nos jura que no recuerda lo que pasó los días de su cirugía, cómo fue llevado de emergencia, lo que el doctor le explicó con lujo de detalle, nuestras presencias, las pláticas que tuvo con nosotros, los cuidados de Silvia, las atenciones de sus hijos y nietos. No tiene recuerdo alguno de la visita que le hicimos.

—Ahora sé lo que pasó porque me lo ha contado mi mujer, y lo que poco a poco me han contado ustedes —dijo Paco—, pero, es cómo si mi memoria hubiera sido una tablilla de cera y que, de pronto, alguien hubiera borrado todo lo que se grabó en el lapso de esos días.

—Lo de la tablilla de cera es una idea que viene de los griegos —dijo Ángel, y por allí se siguió—: Con esa magnificencia y sabiduría, ellos consideraban que, escondida en alguna parte del cerebro, la memoria se iba construyendo con base en grabados en tablillas de cera y que, de acuerdo con la calidad de la cera, los recuerdos serían nítidos o borrosos. Por otra parte, el olvido no era otra cosa más que una tablilla de cera borrada.

Caras de asombro entre los cinco. Por supuesto que todos hemos olvidado cosas, por supuesto que hay experiencias que se han convertido en olvido, pero, de eso a tener un hueco en el tiempo de tu vida del que ignoras qué pasó, hay un abismo. Y en ese sentido, nuestro amigo Paco lo estaba viviendo.

Haré aquí una pausa breve, pausa al fin…

Compré yeso en polvo, preparé un cubo con agua, hice el molde de yeso de uno de los viejos juguetes de mi nieto, haré el vaciado con cemento.

Mi mujer me mira en silencio, es sábado por la mañana, escuchamos canciones de Elvis Presley. Always on my mind, una de las canciones favoritas de Laura. (Laura es el nombre de mi mujer).

Mi mujer no me despega la mirada.

VIII

El carrusel empieza con Ángel, él es el primero que cumple años —setenta y cinco— y después de él, nos vamos todos en fila.

La mega fiesta pensada se redujo a la reunión en su casa, nuestras mujeres empeñadas en que la celebración debe ser grande, y nosotros empeñados a la vez con nuestros agrios y sinceros deseos de pasarla solos. Y con ellas, por supuesto.

El vino, como siempre, ha sido por recomendación de Miguel y, como siempre también, no hay discusión alguna. Hay que oírlo y verlo disertar en torno a una botella de vino.

—Es un vino tinto de la ribera del Duero que, para empezar, no tiene abuela —dijo Miguel. Para los neófitos del vino debo aclarar que tampoco sé si los vinos tienen abuela, pero este en particular no la tiene—. La botella reposa veinticuatro meses en barrica y, después, por lo menos doce meses más en botella. —Y por allí se siguió con el vino, hasta que vamos de copa en copa cabalgando las risas, los recuerdos, la comida y sus delicias, que siempre han ido pegadas a nuestras vidas. A medianoche, las canciones, las mañanitas, el pastel y las velas, el baile puntual cuando los vapores del vino y, sobre todo, los vapores analgésicos de la alegría, han obrado milagros en nuestros músculos, en nuestras rodillas, en nuestros lumbagos, que mañana ya veremos, que mañana será otro día.

IX

Yo soy Antonio, mi mujer como ya saben se llama Laura. La mujer de Paco es Silvia; la de Ángel, Alicia; la de Miguel es Ofelia, y la de Carlos se llama Azucena. Sofía es la mesera y ahora socia, a la par, de la cafetería a la que asistimos consuetudinariamente desde hace una década. Lo de "socia, a la par" significa que, por algunos artilugios nuestros, contactos y tal, conseguimos créditos que la impulsaran a la inversión. Sofía es nuestro dolor de cabeza y al mismo tiempo, nuestra medicina. Hemos rejuvenecido a su lado, hemos fantaseado a diestro y siniestro, con algunas particularidades de viejo. Ángel no deja de hablar del cabello, Miguel de los pies de Sofía, Paco está enredado en sus caderas, Carlos de sus ojos y yo de la magia de sus manos. Dormimos muy poco, pero eso no tiene nada que ver con ella.

Lo de dormir poco es más de nuestras mujeres, abiertamente; se llaman y comparten pastillas, tés y, en general, cualquier artilugio que, según el turno, sea inductor y camino hacia el buen dormir. De todas maneras, fallan todos.

Alicia, la mujer de Ángel, recomienda las gotas de Rivotril.

—Son una maravilla —dice Alicia—, cae una como piedra.

—¿Pero cuántas gotas se toma uno, Alicia? —pregunta Azucena.

—Yo empecé con diez gotas —responde Alicia—. Ahorita, ya voy en cuarenta y, además, te lo juro que no son adictivas, yo las tomo desde hace veinte años.

—Pues a mí, esas gotas no me hicieron nada —dice Ofelia—, yo prefiero combinar el té de siete flores y una tableta de zolpidem, es buenísimo; bueno, por lo menos te tumba tres o cuatro horas, pero seguidas, amiguitas.

—Pero yo le pregunté a mi doctor lo del zolpidem, y me dijo que también es una droga y enlentece, y que además no puedes echarte la copita.

—Lo del yoga es perfecto, amigas —dice Laura.

—¿Y qué tal con el yoga, puedes dormir? —pregunta Silvia

—No, pero te relaja.

El caso del insomnio en nosotros, los viejos, es distinto porque, para empezar, de entrada, dormimos poco. Sin embargo, independientemente de esa condición fisiológica, el insomnio no es motivo de nuestras pláticas y, como si nos fuera la hombría en ello, por lo general evitamos decir que no dormimos bien o que lo hacemos poco o, peor aún, que padecemos de insomnio.

A lo sumo, exclamamos que con una copa de vino después de la cena, o con un trago de tequila o de lo que sea, solemos dormir como recién nacidos; sin embargo, no es cierto.

Una tarde en la cafetería con los amigos:

—Se te notan ojeras Paco, ¿qué tal has dormido? —preguntó Carlos.

—Mal. Ha habido noches que no pego pestañas y se me van en blanco.

—Yo ando también en esas —dijo Miguel—, sobre todo, me cuesta mucho quedarme dormido, doy vueltas y vueltas en la cama, hago mis ejercicios respiratorios y como si nada. Y luego el asunto de la vejiga que cuando más a gusto estás ya te andan las ganas de orinar, otra vez.

—¿Y tú cómo andas? —me preguntó Carlos.

—Igual que ustedes, mi doctor me recetó bromazepam y puedo dormir un poco al inicio, pero despierto dos o tres veces en la madrugada, y ya a las cinco de la mañana pelo los ojos y no hay manera de volver a dormir.

—Lo mismo me pasa —dijo Carlos—, una vez que abro los ojos ya no hay forma de cerrarlos. Se la pasa uno entre dormitar un rato y despertarse, y cansa por supuesto.

—Apendeja —dijo Paco.

—Cierto, apendeja —afirmé, sin más.

Segunda parte

> Envejecer es todavía el único medio
> que se ha encontrado
> para vivir mucho tiempo.
>
> Charles Augustin Sainte-Beuve

I

Esta mañana me sorprendí viendo desde mi jaula, embelesado, el bosque frente a la ventana. No supe decirme qué día es hoy, intuí que era sábado por el silencio y la soledad en la calle. ¿Pero qué sábado y de qué mes?

Laura, mi mujer, se ha convertido en una extraña, se hunde en un profundo silencio, y en un solitario ir y venir dentro de casa. A veces murmura algo ininteligible, a veces también la oigo refunfuñar. Como en el cuento de navidad, de Ray Bradbury, de pronto desaparecieron los días y los meses, nos quitamos la angustia de saber que son tales y cuáles horas y con tantos minutos, y del día fulano, y del mes zutano. Nos quitamos esa angustia y nos quedamos solamente con la tentación de mirar detrás de la puerta, para averiguar si somos los mismos o si nos hemos clonado en entes de una realidad paralela.

Como en el cuento de Bradbury, nos asomamos para ver si, detrás de la puerta, está el árbol de Navidad, las velas multicolores y los hombres y mujeres cantando villancicos. ¡Y no encontramos nada!

El mes de marzo del dos mil veinte nos tomó a todos por sorpresa, a cuál más, nos veíamos desde una esfera catastrófica y llena de temor. La pandemia se volvió tema de las pláticas por teléfono entre los amigos, entre nuestras parejas. Las angustiosas recomendaciones de nuestros hijos y nietos, apenas menos intimidantes que las noticias de la radio, las redes sociales y la televisión. Los llamados pidiendo que no saliéramos ni siquiera a la esquina de nuestra propia calle. Las eternas horas en la soledad de la casa, el cobijo de algún libro, pero el extrañamiento por la reunión con los amigos, y Sofía desde luego, doblegaron mi espíritu.

Sobre la mesa, migajas de pan, cáscaras de manzana, manchones de cerveza derramada. Las once y media de la noche, y apenas el silencio, apenas la calma. Los niños, tres pequeños, insoportables desde las ocho de la mañana, por fin duermen. Han dado vuelta y vuelta durante todo el día, dejando la casa de cabeza. Sus gritos trepanan mis oídos, parecen clavos ensartados a punta de martillo. Mi mujer y sus desvaríos, levantando los juguetes de allá, limpia-que-te-limpio la cocina, la mesa de la sala, los gruñidos violentos a los niños. La radio y las notas puntuales, ahora es Italia y sus angustias, ahora España y sus delirios, ahora el Ecuador y su infierno. México y su espera, su larga espera. Lloro, aunque no lo crean, lloro por la impotencia y la tristeza, lloro porque la plaza de Roma luce vacía, y por la gran vía que enmudeció de pronto, y por la calle de Madero que se colgó de mi alma, y por los muertos que se quedaron dormidos en las calles de Ecuador. Pero no lloro por la plaza, ni por la gran vía, ni por la calle de Madero, per se, sino que lloro por la gente que se esconde detrás de las puertas temblando de miedo y por los que dan la batalla en los hospitales, hombres y mujeres que luchan codo a codo. Y por las almas dolidas que abarrotan las camillas y que sufren, y que mueren en un suspiro, y también lloro por esos muertos que se quedaron sin reclamo, sin un cirio que velara su eterno sueño.

Las once y media de la noche, dormito, recojo las migajas de pan y las cáscaras de manzana de la mesa, retiro el sucio mantel, lavo los tarros de cerveza. Nuestra perra se acurruca en mis piernas, la Ciudad de México también dormita, aquí hay demasiado silencio, pienso, y es justo cuando empiezo a extrañar los gritos y las risas de los niños, aquellos niños que fueron nuestros hijos y que ahora son esos adultos que nos cuidan, esos hijos convertidos ahora en nuestros padres.

II

Las tardes entre el zoom y la nostalgia.

La ociosidad es la madre de todos los vicios, solían decir los abuelos, pero ahora la ociosidad es una buena ventura, aunque también, y hay que dejarlo bien claro, en este encierro es madre de una que otra pendejada.

Volviendo al aislamiento, tengo buenos amigos que han pasado de ser unos perfectos buenos para nada y, sin mucho esfuerzo, se han convertido en excelentes cocineros y comparten sus recetas y sus logros por el zoom. Para mí el encierro ha sido un ir y venir dentro de casa. Un asomarme cada treinta minutos por la ventana. Ya conté cuantas losetas hay de mi recámara al comedor y del comedor a la sala. Ya descubrí que la loseta número cuatro del comedor y la dieciséis de la sala tienen una ligera variación en el color y, además, con un estampado grisáceo que tiene forma de lagartija o de dinosaurio, según la hora en la que se vea.

—Lo mío no es esto del encierro; mi refugio, mi cubil, es la cafetería con los amigos —digo en tono agrio a mi mujer. Y su respuesta, francamente, lo que más odio:

—Pues Miguel compartió una receta de no sé qué, en salsa de chipotle; fulanita dice que su marido hizo una repisa, o arregló la jardinera, o pintó tal y cual cosa.

Y yo me meso los cabellos y veo para afuera y le digo, sin hacer caso de lo que me ha platicado:

—En esa zona del estacionamiento hay ocho árboles de ficus, cinco buganvilias, tres cipreses, treinta, cinco arbustos de piracanto y ocho rosales.

Hasta que una buena mañana me tomó sorpresivamente creativo y me puse a buscar una playera nueva, regalo de mi mujer, la playera algo Eagle. creo, preciosa pero larga como falda.

—La promesa de que la llevaría con la modista para arreglarla, terminando la pandemia —había dicho ella.

Primera premisa, los administradores, aunque no lo crean, tenemos limitaciones, y arreglar una playera puede ser una de ellas. Primer error: echar a andar tu ímpetu creativo a escondidas, pero la razón era sorprender y callar bocas.

El segundo error fue querer cortar la camiseta sobre el colchón de la cama. Superficie irregular y de poca firmeza. El tercer error: usar las tijeras de la cocina, pero, bueno, el plan era cortar la camiseta y llevar a cabo mis ocultas dotes de cirujano rematando con algunos buenos puntos en la orilla. El cuarto error fue haber extendido la camiseta sin considerar que al hacerlo estiraba la tela elástica.

Una vez preparado todo, a puerta cerrada, coloqué encima de la camiseta larga una playera que, para mi gusto, me quedaba perfectamente bien. Empalmando hombros, axilas, cintura, estirando acá y allá. Y enseguida la firmeza de mi pulso para el corte. Salvo algunos detalles en la línea de corte, el asunto de lo largo de las faldas estaba resuelto. El problema serio vendría entonces con la prueba; crucial, véase por donde se le vea.

Me puse mi querida camiseta y no sé por qué razón, pero la playera me quedó arriba del ombligo.

De este hecho se desprende la última premisa que tiene que ver absolutamente con la estética: si, como yo, ustedes tienen ombligos peludos y canosos, lo más recomendable es que el largo de la camiseta alcance a cubrirlos. Créanme, vistos de frente al espejo, son horribles y para nada varoniles.

Mi mujer no se entera aún de la playera, el cuerpo del delito lo escondí entre un bóxer y dos pares de calcetas que tiré a la basura. Por cierto, tampoco sabe que tiré el bóxer y las calcetas.

III

Tentativa de agotar un lugar en la pandemia.

Helicópteros a las seis de la mañana, el primer café y también la primera lectura, textos de Georges Perec, "Tentativa de agotar un lugar parisino", cuarenta y ocho horas, y Perec sentado en un café, en una esquina en la plaza de Saint Sulpice. Observa y anota. Lo escribe en su libreta, pero, esencialmente, lo registra en su memoria. Ahora la pregunta: ¿qué haría Perec en este tiempo de obligado encierro?

12/08/2021 al sur de la Ciudad de México. Seis de la mañana del día quinientos del encierro por la pandemia.

El canto de las aves (averiguar qué clase de pájaros).

El persistente sonido de sirenas (averiguar si son ambulancias o autos de la policía, o ambos).

El café goteando con glamur en la cafetera. La marca de la cafetera: Capresso, regalo de mi mujer.

El café es de Jekemir, hoy no es de Chiapas.

Kyra y sus ansias por salir a orinar primero y, enseguida, dos, tres vueltas y hace caca (apesta). La caca al W.C.

Comienza el ajetreo en las ventanas.

La vecina del 12 enciende el bóiler, lo deja correr diez minutos y después de ello toma el baño. En el inter, toma café y mordisquea una galleta. A veces me busca con la sospecha de saberme allí, escondido en la penumbra.

El vecino del 9 enciende la luz de la recámara, se despereza. Se acicala y se viste de prisa. Otra vez se le volvió a hacer tarde. Trastabilla. Coge un bolso, corre, da un portazo y lo veo bajar por el cubo de escaleras. Se pierde en la calle.

La vecina del 14 discute con el marido, grita y hace ademanes con las manos y extraños gestos con las cejas y los labios. No escucho lo que se gritan, pero no parece ser nada grato.

El cubo de las escaleras es ahora una pista de desfile de personajes, a cuál más con ojos de angustia y miedo. Todos anónimos, esbozados. Suéteres y chaquetas, gorros. Variados cubrebocas de colorido diseño, artesanales y negros. Azules y blancos, tricapas, grado médico y del tianguis (he aprendido a reconocerlos), KN95 con y sin válvulas.

La quietud y la calma. El obligado encierro de los niños y los viejos.

La vecina del 12 y el agua que corre ahora por su espalda, más abajo... La del 10 prepara el desayuno. Corta pan, rompe un huevo en la sartén.

A las siete y media el edificio es un páramo silencioso, voy por el segundo café.

12/08/2021 al sur de la Ciudad de México.

Siete cuarenta y cinco de la mañana del día quinientos de la pandemia.

Cambio de lugar, dejo mi puesto de observación desde la ventana de la cocina, me como un pan con mantequilla y mermelada de fresa (habrá que pedirle a mi mujer que compre mermelada de naranja).

Las ardillas dan vueltas y vueltas. El canto de las aves ha cesado, las sirenas siguen y siguen.

Ahora veo por la ventana hacia la calle. El repartidor del agua Río Nilo (unidad 21), el chófer es el de siempre. Hoy es jueves: dos garrafones a la del 6, dos a la del 9. Cinco garrafones a la señora de la casa de enfrente, la anciana que no ha salido nunca y que, como yo, todo lo ordena desde la ventana, aquí comienzan sus órdenes:

—Cinco, por favor, señor. Allí junto está el rociador de antiséptico y las toallas cloradas (las palabras antiséptico y sanitizar, en qué momento se quedaron en nosotros), que queden muy limpios, usted también. Le agradezco mucho. Allí junto a la puerta. No se preocupe. Deje todos los garrafones dentro. Allí está el dinero y su propina. Si, muy agradecida. ¿Su familia está bien? Cuídense. Que Dios me lo bendiga. (Que Dios "me" lo bendiga, el "me" mandativo de los habitantes de Ciudad de México, antes DF, siempre chilangos; que Dios "me" lo bendiga en lugar de, que Dios lo bendiga).

Me saluda también desde su ventana.

El vecino del 3 y sus paquetes de Amazon, un eterno ir y venir. Y lo mismo pasa con muchos más, DHL, UPS, Mercado Libre.

El desfile de autos partiendo sin niños. A las nueve y media la calle está vacía. La plaza vacía. El restaurante de la esquina cerró hace cuatro o cinco meses. Algún despistado que camina por la acera.

Leo a Georges Perec, las minuciosas anotaciones en su libreta. El color de la ropa, la marca del bolso, las placas de los coches, la mirada de aquel, el gesto de esta.

La mañana pasa como ha pasado cada día de este largo viacrucis.

12/08/2021 al sur de la ciudad de México. Tres de la tarde del día quinientos del encierro.

De vuelta a la ventana y esta vez voy de mi recámara a la sala.

Llegada del vecino del ocho, bajó del Uber. Entró al cubo, el cubrebocas lo trae en el cuello. Me asomo a la mirilla de la puerta, sabe que estoy allí, me sonríe (cuando noto la sospecha de saberme allí, le quita sorpresa, asumen posturas poco espontáneas, pero ni cómo hacerles saber mi opinión).

Corro a mi recámara, por nada tiro el café que traigo en la mano (es el quinto o sexto del día), el vecino se quita el cubrebocas del cuello, su mujer lo regaña, pero con cariño. Deja sus cosas personales en una caja, de inmediato la mujer las rocía con un dispositivo en spray, el vecino va desvistiéndose, cuelga la ropa, la mujer la rocía. El hombre en calzoncillos, brazos y manos levantadas, corre al baño y yo corro al otro extremo de mi ventana. Allí lo veo lavarse con ahínco la cara, las manos, los brazos, el cuello, particularmente el cuello, de dónde ha traído colgado el cubrebocas. Después del lavado minucioso se abre la puerta, la mujer le hace llegar una toalla limpia, una toalla blanca. Él se seca la cabeza, la cara, el cuello, los brazos, las manos. La vecina espera.

¡Uff! Qué pinches nervios, pienso en mis adentros; finalmente y después de todo, se dan un beso en los labios y en las mejillas.

Los dejo, ya sé que saldrán y se sentarán a comer. Corro otra vez a la ventana de la sala, por poco, por muy poquito, y me pierdo la llegada de la vecina del cinco, (lo del secado del vecino quita tiempo, igual y lo suprimo mañana, pero lo del beso...). La del cinco estaciona su coche y antes de salir se acomoda el cubrebocas, es de las que usan KN95 sin válvulas. También se arregla el cabello. Sube poco a poco. Es de las que no sospechan y a veces sube hablando por teléfono y se detiene en mi puerta y la escucho. Es de las mujeres que suspiran mientras hablan, de las que dicen, por ejemplo: síií, yo también te extraño muuuucho (aquí un suspiro o alguna onomatopeya que haga saber al otro lado de la línea que está muy enamorada, o hay mucha pasión en la respuesta), pero yo puedo verla a través de la mirilla de la puerta y su cara es neutra, de gesto impávido, equis. Y puedo testificar que, en más de una ocasión, ha terminado la llamada melosa con gestos de brutal aburrimiento. A las cuatro y media de la tarde suele venir a visitarla un hombre tan joven como ella.

Vuelo a mi recámara, allí están los vecinos del pleito de la mañana. Siguen el gesto adusto de él y la cara de enojo de ella. No hay sanitización de por medio y eso ya es una prueba irrefutable de que las cosas no marchan nada bien. Se sienta solo a la mesa, la mujer le pasa un plato con un guiso que, por más que lo intento desde aquí, no puedo saber de qué se trata. Come en silencio. Ella observa. Le sirve agua (parece agua de jamaica). Esa lentitud con la que mastica hace que se alargue aún más el silencio. Esta vez le ofrece fruta (pera o manzana. Tendré que ir a la consulta, estos ojos que ya no son lo que fueron). Ella desaparece, va a la cocina, él se queda sentado, se lleva las manos a la cara, mese sus cabellos, suspira. Ella vuelve con una taza de café (me recuerda que debo ir por otro), lo pone frente a él. Ni siquiera se miran.

Que pase algo, pienso. Lo que sea, pero que pase. Que se miren un poco, que digan algo, que se insulten si es necesario, pero que no se queden en ese abismo y en esa oscuridad de indiferencia. (Estoy en la disyuntiva de seguir esperando aquí, o preparar otro café y volver a la sala)

Cuarenta minutos de espera, cuarenta minutos en la ventana de la recámara, cuarenta minutos en los que, sin duda, ocurrieron cosas allá afuera y en los que aquí no pasó nada. Él sigue sentado y con la mirada extraviada y ella, de pie frente a él, callada.

12/08/2021 al sur de la Ciudad de México. Nueve y media de la noche del día quinientos de la pandemia.

Ando como loco, la que sospecha ahora es mi mujer, pero entiende que es parte de mi oficio de escritor y me deja ser. Corro nervioso. Ora la ventana de la sala, ora la cocina (duodécimo café del día, ¿mucho o poco?, he ahí el dilema), ora la ventana de la recámara. Mi mujer ve series de Netflix o teje (o ve series y teje). Retomo mis carreras y en particular mi nerviosismo. Allí el taconeo de la vecina del 12, las luces de mi sala apagadas. El paso ágil. Abre la puerta del edificio, corro a la puerta. La mirilla. Sube las escaleras. Se detiene. Es una bandida, pienso mientras ella se detiene brevemente y voltea y sonríe tan sutil, así como si nada. Sigue. Escucho cuando abre su puerta. Corro ahora a la ventana de la recámara. A nada estoy de chocar con mi mujer. Ella ríe al ver mis prisas.

—Olvidaste tu libreta —dice. Me la extiende. Agradezco con la mirada. (No es posible tanta pendejada, olvidar mi libreta, me digo) y le bajo el ritmo a mi paso.

Allí está ella, correrá la cortina blackout y dejará las traslúcidas. Se quitará el abrigo, la blusa, los pantalones, en ese orden. Se recostará unos minutos, dejándose el brasier y las pantaletas; unos segundos bocarriba, unos segundos de cada lado, unos instantes boca abajo. De vez en cuando volteará a mirar hacia donde sospecha que me hallo. Se pondrá de pie. Se quitará el sostén y, enseguida, las pantaletas.

Me quedo como estatua. Mi mujer en el estudio tose discreta.

La vecina del 12 camina y corre las cortinas blackout.

Pasa la tormenta.

Voy al estudio, allí está mi mujer. En mis manos, la última taza de café es la número seis, según yo, o la número 15, según ella.

—Cada vez te pareces más a George Clooney —dice mi mujer y yo me siento de pronto tan halagado y animado, y pienso si será esa la razón del interés de la vecina del 12. Sonrió con cierta coquetería a mi mujer y, solo por saber, le preguntó si dice lo del parecido de Clooney conmigo por mi galanura y por lo de mis incipientes canas.

—¿Cómo crees?, lo digo porque estás tomando mucho café.

Afuera, el silencio en las calles, roto por el eterno sonido de sirenas. (Ambulancias o autos de la policía)

IV

La historia nos la contaba Miguel en la cafetería, recordando sus años en el puerto de Veracruz. Allí había nacido y ahí también habían pasado sus primeros cuarenta años de vida, hasta que tomó la decisión de radicar en la Ciudad de México.

"Los mirones son de palo", comenzaba siempre así.

Se abrió con la mula del seis y entonces el que la puso, el compadre Eulalio, volteó a mirar de lado a lado a los otros tres en juego. Enseguida se fueron colocando las fichas según el turno y el número que fuese preciso. De cuando en cuando se echaban una o dos chupadas al cigarro y también dos o tres tragos a la cuba o a la cerveza, según fuera el gusto.

—Esto está de la puta madre —grité al repasar la mano que traía—. Ni como botar la gorda.

Los otros tres me miraron primero y, enseguida, de reojo repasaron sus fichas.

—Es el calor —dijo Mincho, y de un solo jalón se despachó lo que quedaba de la cerveza.

El calor, en efecto, estaba de la chingada, las camisas de los cuatro empapadas de la espalda, pero sobre todo de los sobacos. Ni teniendo la puerta abierta se alcanzaba la más mínima brisa. Como autómatas, uno a uno se fue desprendiendo de las fichas, yo resoplaba.

—Hay que descargarse —decían uno y otro.

—¡Cabrones! —gritaba de nuevo, cada vez que tenía que dejar pasar la ficha—. Me tienen ahorcado. —El resto reía.

Por las calles del pueblo y, a pesar de que ya eran las cinco de la tarde, se alcanzaba a ver la resolana.

Cuarenta años después y recién haber cumplido los ochenta años de edad, Miguel se asoma por la ventana del departamento en la Ciudad de México.

—Se acabaron las partidas —dijo en tono melancólico a la hija que se había hecho cargo de él, desde hacía algunos meses.

—Papá, no empecemos con la misma cantaleta.

—Mejor muerto que este encierro, si me vieran mis amigos del puerto cómo me encuentro ahora, se cagaban de la risa.

—Papá, todos están muertos desde hace mucho, así que de cagarse, nada.

—Por eso digo que mejor muerto —dijo el viejo con un tono de voz aburrida.

—No te hagas el mártir, papá, afuera la cosa está muy seria —dijo la hija. Y se acercó hacia él por la espalda, y le acarició primero el brazo, y luego la cintura. Lo rodeó en un abrazo y se pegó a él. Ofelia, su esposa y nuestra querida amiga, había fallecido hacía tres meses. Falleció sola, aislada en un hospital Covid. Todo se desencadenó tan rápido. Nuestras angustias al saberla sola, recluida, el asunto de la gravedad y de la muerte, la incineración como requisito oficial, sin mediar asistencia alguna. El silencio y la negativa de nuestro querido amigo Miguel. El agradecimiento de su hija.

—Dejemos que asimile su tristeza en soledad —nos dijo ella—. Apenas tiene idea de que alguna vez existió una esposa, y de que tuvo amigos aquí en la ciudad.

Respetarlo, eso fue lo que hicimos.

—Ven —le dijo, señalando la mesa del comedor—, ¿cómo ves una partida de dominó.

—Un solo a solo —contestó. Y comenzó a hacer la sopa.

—¿A ver qué tienes, abuelo? —dijo el nieto, aproximándose.

Con las dos manos el viejo hizo la casita para esconder las fichas

—Los mirones son de palo —Sonrió—. Ahora cómo extraño mi cuba... Deberíamos ir al puerto, hija. Movió su ficha y gritó ¡capicúa!, dando a entender que con aquel movimiento tenía ganada la partida, ya que se daba la oportunidad de colocar su última ficha en cualquiera de las dos puntas.

La hija sonreía nerviosa, con aquel movimiento del viejo se desarmaba su estrategia y, con él, su anhelada victoria.

—Iremos uno de estos días —respondió. Dio vueltas y vueltas a la ficha de dominó sobre la mesa. Después, la dejó quieta y soltó la carcajada—. Nunca podré ganarte.

El viejo respondió que nunca, y se levantó de la mesa, caminó de nuevo hasta la ventana, observó la calle vacía y en silencio, pese a ser las once de la mañana.

—Esto de la peste está de la chingada. No poder ni siquiera ir al café de la esquina.

—No empecemos de nuevo. No es peste papá, es pandemia, ya verás que todo pasa pronto.

—¿Iremos al puerto? —Volteó a ver a su hija con esos ojos eternamente irritados, llorosos y con lagañas.

—Iremos.

V

Esa tarde de siesta soñó de nuevo con el puerto jarocho. El puerto de sus buenos años mozos, el café de la parroquia, y hasta se le veía suspirar profundo. Soñó con los paseos por el malecón, con la alegría y la dicharachera popular de los paisanos, con los jaraneros que, a arpa y guitarra, se desprendían de sus cantos; soñó que le cantaban a él solo La Bruja, La Tienda, La Iguana, el Tilingo Lingo. Y se soñó bailando, también solo. Había que verlo zapatear impetuoso contra el piso; soñó con la entrada de algún barco, majestuoso castillo flotante con el cabestro al frente, el sonido de la corneta anunciando su entrada hasta el atracadero. Un barco plomizo, metálico, que se alzaba como una inmensa catedral, con su chimenea como campanario, la larga proa terminada en punta; el puente de mando, con su capitán como un sacerdote o emperador al frente. Soñó también con la arena negruzca de la playa y con los muchachos jugando beisbol, con los gritos animados de las porras, con las mentadas de madre, con los tiernos insultos que salían de aquellas anónimas gargantas. Soñó con un plato de chilpachole de jaiba, unas picadas, un vuelve a la vida, allí, en cualquier fonda a la orilla del mar. Soñó con Mincho, con Pepe y con Marco, sus eternos amigos del puerto, de los amigos que habitaban aquella entorpecida memoria, con una mesa de lámina de la cerveza corona, y tres cervezas y una cuba, la de él, y una mano de dominó. Y justo cuando hacían la sopa, lo despertó la voz del nieto.

—¡Abuelo!, te desperté porque te estabas quejando mucho.

VI

A las siete de la tarde, frente al televisor, las noticias con toda la parafernalia de los informadores oficiales, el repaso de las últimas veinticuatro horas, cifras y más cifras, mapas y gráficas de colores, recomendaciones que iban y venían; la taza de café con leche en su mano derecha, la pieza de pan en la izquierda, el mordisco tímido al pan, el sorbo ruidoso al café, el movimiento de cabeza ante alguna que otra aseveración de los informadores. La hija y su ya eterna frase de ¿ya ves porque quedarse en casa, papá?

—Mejor pon música, hija, ya estuvo bueno de tanta pendejada. Escuchemos a Agustín Lara.

—Papá, cuando termine todo esto iremos al puerto.

—Mejor ir pronto, hija. ¿Para qué dejarlo para otro día?, los autobuses aún funcionan.

El viejo se quedó solo en la sala, escuchando aquellos discos de Agustín Lara, mientras su hija y su nieto se encerraban cada cual en su habitación.

El hombre, lúcido, no pegó pestaña en toda la noche, de café en café, asomándose de rato en rato por la ventana. Aquella soledad, aquel silencio, aquella melancolía; en lontananza, algún lastimero ladrido de perros, algún maullido de gato, algún triste lamento de grillo. Cómo fue posible que me fui quedando solo, se preguntó, y entonces se acordó de que hacía dieciocho años, por lo menos, de no ir al puerto. La promesa eternamente diferida de la hija: ya iremos, ahora los gastos del colegio, la enfermedad fulana, la hipoteca. Y por supuesto que él lo entendía.

En aquella soledad suspiró profundamente y se despertó en su memoria el olor del mar, el olor de la tierra húmeda, el olor y el colorido del guayacán, y comprendió entonces que la vuelta a su tierra, a su puerto tan amado, a su malecón, eran ya asunto de imperiosa urgencia.

VII

Lo encontraron donde suponían que estaría, sentado en una de las bancas del malecón del puerto, lo hallaron con su pantalón gris de algodón, su guayabera blanca, su sombrero panamá, blanco, y con sus zapatos muy bien boleados. La hija y el nieto bajaron del auto, ni siquiera habían dudado en reportes y búsquedas infructuosas en la Ciudad de México, habían tomado la autopista y, cinco o seis horas después, se estacionaron en la acera del malecón, al que recorrieron cuidadosos hasta hallarlo. Ese gesto en sus caras, atribulados y serios, un dejo entre angustia, alegría y enojo.

En medio del silencio, el viejo Miguel apuntó con el dedo y se dirigió al nieto.

—Allá se jugaba muy buen beisbol. —Señalando la playa—: Y allí había una fonda, un pequeño restaurante de playa, había mesas dispuestas en la arena, allí jugábamos dominó. ¿Te acuerdas, hija? Con Mincho y los amigos. ¿Te acuerdas?

La hija para entonces había dejado la máscara de enojo y sonreía.

El malecón vacío.

—Qué bueno que vinimos pronto, hija, que bueno que nos decidimos de este modo —dijo, y empezaron los tres a caminar rumbo al coche.

La muerte de Ofelia nos había tomado desprevenidos. Enseguida las llamadas telefónicas, la incredulidad, pero sobre todo el miedo. Todos estábamos expuestos. Por un designio impensable de la vida, de la noche a la mañana se nos había roto nuestro círculo. El golpe debió haber sido tremendamente doloroso para Miguel, tan doloroso como para cubrir su memoria con un manto de profundo olvido.

—No se acuerda de ti, Antonio —me dijo un día su hija—, ni de Paco, ni de nadie. Ni siquiera sabe que tuvo una esposa de nombre Ofelia...

Lo de Carlos y Azucena simplemente nos dolió, pero de otra manera, jamás lo vimos venir.

—Carlos andaba siempre de coqueto —dijo Laura, mi mujer, e inquirió con la mirada, como esperando que yo suelte la sopa.

—Era de dientes para afuera. Era más casto que un santo —aclaré, dando por entendido, desde luego, que ha habido algunos santos que han sido más cabrones que muchos de nosotros—. Nuestro encierro rebasaba ya los diez meses, y en las reuniones virtuales se les veía tan unidos y tan pareja como toda la vida. Las bromas iban y venían, los brindis por las celebraciones y cumpleaños que se dejaron venir.

—Pero se notaba extrañeza y, sobre todo, tensión en las miradas —comentó alguna vez nuestra amiga Silvia, apoyada por Paco, su marido. Y fue así como nos fuimos enterando de a poco. El encierro y los enojos entre ellos. Los reclamos por quita de allá estas pajas que, al principio, justificábamos por el agobio del encierro y, en particular, por las angustias que con las noticias de desgracia se iban haciendo presentes en nuestras vidas. Las llamadas telefónicas entre las amigas, Azucena y sus dudas. Las preguntas indirectas o precisas de nuestras esposas. Nuestras propias llamadas entre los varones, Paco, Ángel y yo. Con el drama de la desmemoria de Miguel, y la muerte y el olvido de su mujer, Ofelia, acaecidos en el pico de la pandemia.

—Carlos fue siempre un bocón en esas lides —dijo Ángel.

—Ufanándose de sus correrías sin que estas necesariamente fuesen ciertas —afirmó enseguida Paco.

—Veladas —dije yo y comentamos por teléfono algunas de sus historias.

Recordamos cuando, de regreso de Mérida, Carlos nos platicó alguna tarde en la cafetería:

En las correrías de la vida volví a Mérida después de añales de no hacerlo. Veinticinco o treinta. Me recorrí de punta a punta los lugares por los que vagabundeé en mis épocas estudiantiles. Por la tarde recibí la llamada en mi cuarto de hotel. Era Cristóbal Carrizales, viejo camarada que, jubilado, había venido a terminar su vida en estas tierras.

"Supongo que se te antojará un vino", dijo el buen amigo Cristóbal. Y en efecto, una vez saludarnos, dimos cuenta, sin más, de aquella botella que había traído consigo.

Y de allí la comida y las cervezas, y las largas caminatas por paseo Montejo. La nebulosa marcha de los alcoholes en la cabeza.

"Busquemos viejas", sugerí. Recuerdos de jóvenes crápulas, ahora ya rondando los setenta. Preguntamos en el hotel, un tanto apenados por no hacer el ridículo. "Nos referimos a grandes rasgos a artistas, mujeres, solaz esparcimiento, usted ya sabe".

Nos miró el botones, de pies a cabeza, como midiendo y calculando nuestras ansias.

"Hay una que tiene fama de ser muy buena con la lengua, una artista según se cuenta. Y además vive muy cerca", dijo de pronto. Llamó un taxi y literalmente nos encomendó con el chofer para que llegáramos con bien.

Y en efecto, la mujer, vista a vuelo de pájaro, cincuentona, entrada en carnes o, lo que quiero decir, regordeta y de grandes atributos pectorales. Resultó ser una artista con la lengua.

"Para empezar", dijo, "y a modo de ir soltando ánimos, el canto de las aves", y, diciendo esto, nos deleitó con una sensible sinfonía de trinos. La mujer enrollaba la lengua sobre sí misma y emitía maravillosamente el canto del cenzontle o el de la calandria o el del canario. Desfilaron, sin más, mirlos, petirrojos y ruiseñores. Después de un rato, tomó respiro; habían pasado no más de veinte minutos de estar con ella. "Ahora los himnos", continuó y, al mismo tiempo que inspiró profundamente, abrió la boca, y esta vez colocó la lengua a lo largo, como un taco, desviándola ligeramente a la derecha.

"¡La Marsellesa!", exclamamos Cristóbal y yo, muy orgullosos de haber reconocido aquella marcha desde sus primerísimos acordes, mientras la mujer, asentía con un movimiento de cabeza y una muy leve sonrisa, celebrando nuestro acierto.

Al término de La Marsellesa, la siguiente lista comenzaba con valses, después una que otra polca y, desde luego, pasodobles. Fue cuando dijimos al taxista, empeñado en nuestro bienestar, que volveríamos, de ya, al hotel.

Cristóbal se despidió allí mismo y se fue con el taxista a casa, yo entré al lobby. En cuanto me miró el botones, se apresuró a abrirme la puerta.

"¿Todo bien señor?", dijo él, con ese acento tan peculiar que tienen en el habla los peninsulares y con una inquieta y pícara mirada.

"Todo excelente", remarqué, cuidadoso con cada sílaba de mi respuesta.

Porque tratándose de estos asuntos tampoco se debe meter uno en detalles, nos contaba Carlos.

Delante de nosotros sus historias parecían siempre inocentes anécdotas. Sin embargo, al tiempo nos enteramos de que aquel viaje por Mérida había sido en realidad una correría por viejos burdeles. Así pues, la ruptura de aquel matrimonio formado por nuestros amigos Carlos y Azucena había sido solo cuestión de tiempo, y el encierro solamente precipitó las cosas.

—La calentura se fue a la cabeza —nos dijo un día nuestra amiga Silvia—, fue calentura de viejo.

Durante el confinamiento, Carlos había cumplido setenta y nueve años de edad y se le veía inquieto. En una sesión se zoom, las últimas tres parejas disertamos largo y tendido acerca de la cordura y el delirio entre los viejos. El delirio de perjuicio senil se manifiesta en unos como un resecamiento del cerebro, en otros como una dislocación del esqueleto y en otros más como un persistente encelamiento conyugal, pero a Carlos, con el mentado delirio, le ha dado por andar en un estado de enamoramiento perpetuo. Le guiña el ojo a una, le dice piropos a otra, le suspira al paso a la de acá, le recita un poema a la de allí.

—Perdió la cordura —dice Laura, mi mujer—. Las telarañas en la cabeza del viejo se enredan y desenredan durante la noche que, se le va en vela, y, al abrir la alborada, vuelve al ensueño de su infancia, allí es cuando por fin ríe.

Carlos había ido haciéndose menos cuidadoso en las llamadas telefónicas con su antigua secretaria, o a estas alturas ya, con su eterna amante, y así, una buena mañana sonó el timbre de su casa. "¿Mensajería de Amazon?", preguntó Azucena, sin obtener respuesta.

—Y entonces vi que Carlos salió de la recámara, se había cambiado como para ir al trabajo, llevaba una maleta pequeña. Cruzó delante de mí sin decir una sola palabra y cerró la puerta tras de sí —nos dijo nuestra amiga—. Y no llevaba cubrebocas.

Alguna mañana le platiqué a Laura mi sueño, en el afán de que ella supiera mi temor por el olvido, por el pánico de perder la memoria.

Temblaban mis manos mientras intentaba juguetear con un pequeño trozo de papel, —la esquina de una servilleta—. Hacía churritos enrollándolos como si estuviera liando un cigarrillo. Los churros de servilleta caían sobre la mesa, yo los veía caer y después, ausente, sonreía. El pelo largo y desarreglado, grasoso. La barba y el bigote de candado, canosos.

—¡Abuelo! No puedes salir ahora —dijo uno de mis nietos.

—Ahora no, abuelo —agregó el otro—. Te estamos cuidando.

Alcancé a entreoír aquellas voces como si de un sueño se tratara.

Mordisqueé entonces una galleta. Enseguida bajé la mirada y volví a encerrarme en ese mundo perdido y ausente de la memoria, del que apenas me asomaba de vez en cuando, como quien se asoma por una rendija. Luego mi rostro volvió a sumirse en esa indiferencia que, desde hacía mucho tiempo, me acompañaba.

—¿Está loco el abuelo? —preguntó el menor de los nietos, un niño avispado de escasos cinco años.

—No —respondió el otro—, es solamente que la luna le dio un beso en los ojos y desde allí, se ha quedado atrapado en sus sueños.

—A mí me ha dicho mamá que el abuelo está así desde que, dormido, los duendes le pusieron lagañas de perro en los párpados. Por eso a veces parece que ríe y suspira.

—Lagañas de perro o besos de la luna es lo mismo —dijo el mayor y dio un sorbo al tazón de café con leche. Enseguida, los dos niños robaron las galletas del abuelo.

—Para entonces yo dormía —dije a mi mujer. Ella tomó mis manos y me dio un beso en la mejilla.

—Todos estamos con la angustia pendiendo de las pestañas —dijo—. Son ya catorce meses de aislamiento.

Pero no le creo más porque aquí, dentro de mi cabeza —cabeza de anciano— voy enredándome cada día en los viejos recuerdos, en la nostalgia por la casa de mi abuelo Antonio, de quien robé el nombre y, como mantra, repito una y otra vez aquellos años idos desde hace mucho tiempo.

Hace frío, abuelo, un poco de viento, puedes oír el zumbido por las rendijas de la ventana. Durante toda la noche, y, prácticamente desde la tarde, el incesante ulular de las sirenas. ¿Patrullas o ambulancias? Quién sabe, abuelo. Solo Dios, o en una de esas ni él. Las calles se han ido vaciando. Poco a poco la gente se resguarda. Detrás de cada puerta hay rostros de miedo, abuelo. Los padres se angustian por los hijos, los hijos por los padres, y los viejos se angustian por ellos mismos. A veces, abuelo, escucho el canto de los pájaros, alegre y bullicioso como lo oía allá en el rancho y me quedo atento, y me escapo de la gran ciudad, y vuelo y huyo, abuelo, hasta no saber nada de este aislamiento, y me veo nuevamente en la casa, el jardín de rosales de la abuela, el tanque de agua para riego, los corredores, los espejos-percheros donde colgabas tu sombrero.

El patio lleno de árboles frutales, mandarinas y naranjas, guayabos y plátanos, el árbol de jícara en el que practicaba el tiro al blanco con guijarros. Las mariposas, abuelo, miles de coloridos vestidos, y todo por escuchar el canto de los pájaros. Pero de nuevo el silencio, apenas un parpadeo y otra vez la sirena y otra vez la pregunta: hasta cuándo o, mejor, hasta cuántos. La gente se enferma y se muere de la nada, de la nada se infecta y de la nada se le llenan los pulmones de males y así también, de la nada, se quedan en un suspiro.

La gente se muere sola, abuelo, sola, sola..., no como te moriste tú en compañía de todos nosotros, de tus hijos, tus nietos y tus bisnietos, tus amigos y tus conocidos. No, abuelo, aquello fue un lujo, una fiesta para despedirte justo en tus noventa años. No, abuelo, aquí la muerte llega sola y entre desconocidos, ellos te despiden y te envuelven, te sanitizan, abuelo; es un modo de decirte que te llenan de polvos con cloro y yodo, para que se mueran los que te matan. Y te creman o te entierran sin rezo alguno; peor aún, abuelo, sin una despedida.

Lo tuyo abuelo fue una fiesta a la que acudimos todos. Las historias que se cuentan, abuelo.

Las historias que ahora te platico.

Hace frío, abuelo, un poco de viento, puedes oír el zumbido por las rendijas de la ventana.

Cómo se me antoja un vaso de avena con leche y unos muéganos, y unas galletas de animalitos. Mejor aún, abuelo, una taza de café con tortillas tatemadas. Aquí la muerte cabalga en ambulancias, abuelo, aquí la muerte es invisible, aquí la muerte se esconde a la vuelta de la esquina.

"La muerte llegará de debajo de la tierra", decías cuando, después de años de sueño, emergían las chicharras inundando las noches con sus estridencias o cabalgando a lomos de polillas, y señalabas entonces las nubes de insectos que rodeaban las amarillentas y opacas luces de las farolas. "Las chicharras y las polillas únicamente nacen para morir enseguida", decías, "deberían quedarse dormidas y serían eternas", agregabas mientras reías.

Así estamos ahora, abuelo, esperando dormir y despertar con la noticia de que ya no somos.

Pero como bien decías, abuelo, "lo más bonito de estas noches tan oscuras es cuando vas viendo cómo clarea el día". Por eso, y a pesar del ulular de las sirenas, aún sonrío, o quizás es por este café de madrugada. Sí, quizás es por el café.

Mientras en mi cabeza cobijo las historias de mi abuelo, Laura me mira y me sonríe.

—Pon música —dice—. Deberíamos bailar un poco. El Danzón Número 2 de Márquez, ¿te acuerdas? —Y Laura se pone coqueta con algunos movimientos de sus ojos. Regreso de mis ensoñaciones como si volviera de algún viaje.

Finalmente, la luz al otro lado del túnel. Los cuidados, los esfuerzos y los refuerzos. Aun así, la mesa lucía triste. Allí estábamos las tres parejas que a tirones habíamos salido avante. Los largos silencios al recordar a Ofelia muerta y a Miguel con el desvarío de la memoria. A Carlos y a Azucena separados. Paco y Silvia con algunos kilos de más y con muchas más arrugas adornando sus caras. Alicia y Ángel, temerosos y empeñados en que, al asistir a la reunión, nos exponíamos innecesariamente. La tarde transcurrió entre aquellos temores, entre risas y con algunas lágrimas sueltas, jamás volveríamos a ser los de antes. Escondida en la memoria la pregunta negándose a hacerse presente: ¿Qué será de la cafetería? Y por allí se soltó la liebre.

—La cerraron —dijo entonces Paco.

Tantas tardes compartidas, tantos recuerdos allí entre los amigos, pensé, y me remonté a mis ansias por aquellos moldes de yeso de aquellas manos que, fugaces, se posaron alguna vez en mis hombros.

—Muchos negocios en quiebra —dijo mi mujer y todos asentimos con la cabeza.

—En este caso fue porque falleció Sofía —agregó enseguida Paco. Y cayó de golpe toda la tristeza sobre nosotros. Sin embargo, los seis viejos allí reunidos (a pesar de las penas y las ausencias) nos aferrábamos al gusto por seguir viviendo. La pandemia y, en particular, el confinamiento, habían sido para nosotros las pruebas más drásticas a las que nos habíamos enfrentado. De reojo miraba los rostros de nuestros amigos y por supuesto el de Laura a mi lado; la lejanía física entre nosotros y el encierro nos desnudaban ahora como más decrépitos, más sensibles a la risa y al llanto, las arrugas que descubrí en el rostro de ellos, las descubrieron ellos en los nuestros. El espejo que la vida nos reflejaba esta tarde en los ojos de los otros nos mostraba, sin más, como los viejos que éramos, a pesar de no querer serlos.

Doce uvas

I

La lluvia torrencial provocó encharcamientos, las aves se resguardan.

II

Los fuertes vientos azotaron árboles haciendo que más de uno fuera echado a tierra.

III

—Nieva, ¿sabes?

La nieve cae en la sierra, el frío asola a los pobres.

IV

¿Habrase visto cosa más patética y triste que la enorme máquina de un ferrocarril, abandonada y a media noche?

V

¿O la figura desgarbada de un viejo barco encallado?

VI

Mi abuela desdentada murió anciana, muy vieja. La pena que nos daba verla sufrir era, no por sus ausentes dientes, sino por sus ralos cabellos que la volvieron calva.

VII

Un perro famélico cruza mi camino, tiene hambre, pero son sus entristecidos ojos los que me acongojan.

VIII

Tal vez, y después de todo, valga la pena alzar la copa y brindar por todos los amigos que partieron. Triste.

IX

Tal vez sea bueno echarse a la boca las doce uvas y pedir algún deseo.

X

A las doce en punto cantará el gallo y si no lo hace, lo hacemos nosotros.

—Quiquiriquí, quiquiriquí.

XI

Asomo por la puerta y, solo, me echo a andar por la vereda. Hay niebla y frío, pero tengo buenos ojos y un cálido abrigo. Quiquiriquí, quiquiriquí

XII

—Allí adelantito está ya el 2021 —me dice un hombre que se aleja—. Parece que viene tranquilo, pero, por si acaso, no le haga usted mucha confianza.

—Así nos agarró el 2020, y la putiza que nos puso —le digo al hombre, pero ya no me escucha.

31 de diciembre 2020

La higuera y la vieja

Para Dany-Daniela

Antes que en otros árboles, caían las grandes hojas de la higuera. De allí a la entrada del otoño no había más que un segundo. A la vieja la miraba barrer el patio todas las tardes, la miraba en ese ir y venir haciendo montoncitos con las hojas secas. La miraba siempre con aquella escoba hecha de ramas secas. Silenciosa siempre. La miraba justo como la miro ahora —como la he mirado durante toda su vida—. A veces me miraba también ella, de reojo. Era cuando alcanzaba a vislumbrar una leve sonrisa, tan leve que terminaba pensando más en un gesto nervioso que en una risa. Ella había plantado este árbol, apenas se hubo casado con el viejo. Lo trajo del vivero de Berriozábal y se convirtió desde aquella época en el único árbol de aquel tipo en el poblado.

—¿Y las flores? —preguntaba la gente—, tan olorosa su higuera, mamita.

La vieja aprendió a responder que las flores son los frutos, que las flores se esconden sobre sí mismas. Aprendió a responder también que es una avispa la que se encarga del milagro. Y reía. Eran los tiempos en los que aún reía. Eran tiempos en los que la casa, el patio y todos los árboles despuntaban de sol a sol al son que les cantara la vieja y según como se vistiera la higuera. Un hervidero de gente todo el día. Las criadas que se hacían cargo de los hijos —fuimos seis—. La comida y los cuidados de papá. Y la vieja corriendo de uno a otro lado.

—Que la gallina esté lista —ordenaba desde la puerta de la cocina y la encargada de la comida despachaba, de una retorcida de pescuezo a la gallina, al remojo en agua caliente, agua hirviendo, a la desplumada, al aliño y a la cocción. Aquel puchero inolvidable, recetado con carne de gallina maciza, coles, papas, yuca, trozos de elote tierno, chayote. Y el platón de arroz. Que nunca falte en la mesa, decía la vieja. Y nunca faltaba.

¡Qué bonanzas aquellas!, si lo pienso ahora. La higuera reverdeciendo en marzo, dando frutos a manos llenas, desnudándose de aquellas grandes hojas en el otoño, dormitando en el invierno, para volver a vestirse de verde en primavera. Así la casa, el patio colorido, los gritos y las risas y, por supuesto, el llanto de los niños, mis hermanos. El vozarrón del viejo, solicitándonos.

—Que se acabe el juego, que vengan a comer, que es hora del café con pan, que se bañen los chamacos, que ya se duerma esta bola de cabrones. —Y la vieja siguiendo el trajinar con aquella luz en la mirada, aquella risa, aquellas manos que jamás se detenían, sino hasta bien entrada la noche. Yo era el mayor de todos y, entonces, me asomaba al corredor de la casa y la veía en aquellos calores del pueblo, a las once de la noche, sentada en su mecedora, debajo de su querida higuera, fumando el único cigarrillo que se permitía.

—¿Con qué sueñas, madre? —le pregunté uno de estos días. Y suspiró hondo, y volteó a ver a su amiga arbórea, y acarició una rama, y rio, y guardó silencio.

—Es tiempo de cosecha —dijo entonces en un susurro, y volvió a acariciarla, sin percatarse de mi presencia.

Con los frutos a punto, las ollas, los cucharones que tenían que ser de palo, y sobre todo los olores en la cocina, la vieja pinchando los higos.

—Para que penetre el almíbar —decía. Azúcar o piloncillo, según los quisiera prietos o güeros. La cuidadosa limpieza de los frutos.

—Que se pasmen un poco, hija —decía la vieja a una de las muchachas y esta apagaba el fuego, sacaba la olla y la dejaba reposar un poco, y de nuevo a la hornilla.

A la vieja se le fue la vida en estas paredes, crecimos y nos fuimos convirtiendo en otros; mi padre, el primero. Falleció una mañana de sábado que no lo tenía planeado, estaba a punto de subir a reparar el tejado, suspiró profundo, se llevó la mano al pecho y alcanzó a decirle a la vieja, que se hallaba junto a él, ayudándolo, "me muero", y le cumplió enseguida. El refugio de la vieja fue su árbol, allí pasaba las horas de la tarde y de la noche, en esos menesteres eran tres o cuatro cigarros. Después, la muerte se fue llevando a los hijos. La enfermedad de uno, el desliz del otro. De los hijos, yo fui el primero en nacer y el primero también en dejar este mundo, marché cuando aún vivía el viejo, fiebres nocturnas y todo ese asunto. Lo hice apenas haber cumplido los doce años y mi madre, la vieja, como siempre le dije, resguardó mis cenizas aquí, bajo las ramas frondosas de la higuera, y desde aquí la miro. Hubo mucha tristeza en la casa cuando partí, aquel llanto silencioso, pero eterno, de mi madre, ese rezo en un murmullo, mientras iba de uno a otro cuarto, mientras salía al patio y recogía las hojas, mientras regaba sus flores y, sobre todo, ese llanto y ese rezo, esas plegarias que, callada, hacía llegar al cielo junto a mi urna, aquí, debajo de las grandes hojas de la higuera. Ese ir y venir conforme pasaban los años, y llegaban los nietos, y moría otro de sus hijos. Esa escoba en la mano, esos montoncitos de hojas, ese cigarrillo entrada la noche, esas canas que han pintado su pelo, hasta volverlo completamente gris y plata, y ese silencio.

La casa envejeció, los rincones se fueron haciendo inaccesibles, llenos de polvo. Sola, vaga ahora de habitación en habitación, arrastra su figura adelgazada. Es invierno, la higuera dejó caer las hojas, la vieja perdió los dientes, se hizo niña de nuevo, mi urna es fría.

Tía Elizabeth en el mar de la memoria

> Mi historia robada es una historia romántica, para recrear un poco a los ladrones de recuerdos. Todos en alguna medida lo somos.

1

Nada más haber caído enferma la tía Elizabeth —hermana menor de mi padre— a los ochenta y cinco años de edad, lo primero que vino a nuestra mente fue la llave que escondía siempre en el refajo y, con este recuerdo, el disparo de la memoria.

—¡Mamá! Ya bastante tengo con hacer estos huevos, —gritó la tía Bety, en respuesta a alguna petición extra de la abuela, echándole unos ojos de pocos amigos.

Eran las cuatro de la mañana, todos los nietos habíamos ido a dormir allí con los abuelos para ir al rancho —doce en total—. Era Semana Santa. Tía Bety se encargaba de preparar los huevos tibios que debíamos comer todos antes de partir.

A mí, bien cocidos, tía Bety... A mí, tiernos... A mí a medio pelo... Sal, pimienta y unas gotas de limón...

—A mí no me gustan los huevos, tía Bety. —Y ni modos, a pasarlos entre rápidos bocados y violentas arcadas bajo la mirada siempre severa de la abuela. Algunas rebanadas de pan que se había horneado el día anterior, y un vaso de leche tibia. Las manos de tía siempre cariñosas, acomodando nuestros desarreglados cabellos. En esa época, tía Elizabeth rondaba los treinta y cinco años.

—Se ha quedado sola —decían de ella sus primas más jóvenes, casadas y con hijos. Y esa imagen se nos quedó grabada en la memoria. La ropa poco colorida la hacía verse triste, a pesar de su risa. Yajalón nos pintaba las mañanas de rocío, niebla y frío. Después del madrugador desayuno a las cuatro y media de la mañana, arropados, emprendíamos el camino con rumbo a San Antonio. La caravana se llenaba de alegría. Adelante el abuelo con una lámpara de gasolina, y los indios que, en las espaldas, llevaban nuestras provisiones. Los pasos resonando al golpe de las calles empedradas. Algunos castañeteando los dientes, los más con ocurrencias que amenazaban con despertar a todo el pueblo, el shi, shi, shi de la abuela y de tía Elizabeth, pidiéndonos callar. Detrás de ellas, cerrando grupo, Tomasa y Juan, los ayudantes de la casa que, linternas en mano, alumbraban nuestro camino.

Cruzábamos el pueblo de punta a punta y subíamos por una empinada calzada de resbaladizas piedras; lo que seguía después era ya el camino real para la arriería de mulas. Y subiendo, subiendo, se nos acababa el aire a esas horas. La abuela gritaba "tiempo" y, como uno solo, todos dejábamos de andar hasta que ella volviera a tomar el paso. Indefectiblemente, en algún momento de aquella caminata, tía Elizabeth empezaba a acelerar el paso hasta situarse, codo a codo, con el abuelo y de repente se dejaba escuchar su voz en un tono enérgico.

—Silencio —pedía, y todos obedecíamos. Enseguida la oíamos decir en latín in nomine Patris et Filii et Spiritus Sancti, y todos lo repetíamos haciendo la señal de la cruz. Seguían un padrenuestro y tres avemarías. Tomasa y Juan alumbraban con sus lámparas las lápidas que recordaban a los difuntos de un terrible accidente aéreo —el alcance de dos avionetas en pleno vuelo— acaecido algunos años atrás. Lo que seguía después era continuar el camino hasta el rancho, ora entre risas, ora en medio de silencios.

San Antonio era entonces nuestro paraíso, y allí la tía Betty era la reina de los postres y las meriendas, la reina de los juegos, la tía del entristecido entrecejo, la de la mirada perdida, la de los largos paseos en solitario.

2

—Rosquillas de higos y jalea de dátiles —respondió tía Bety cuando le preguntamos qué hacía esta vez. Algunos, además de preguntar, le ayudábamos. Eran con harina y huevo, ella se encargaba de picar minuciosamente los higos y los dátiles, después los iba amasando con la harina y los huevos hasta que todo se integraba en una masa perfecta. Y allí entrábamos sus ayudantes. Nos iba repartiendo trozos de la masa que nuestras manos convertían en rosquillas. Untaba manteca a los moldes y listo al horno de leña, en algún punto, cuidadosamente, abría la puerta del horno, acercaba una de las charolas, untaba con yema de huevo las rosquillas y las espolvoreaba con azúcar glas.

Y mientras, en el ínter, entre risas y bromas, las preguntas:

—¿Tía, qué tantos secretos guardas en tu ropero? —Y ella reía y hacía gestos con los ojos.

—Allí guarda un cofre pequeño, bueno, no tan pequeño —dijo alguna de las primas.

—Es el de la llave, ¿verdad, tía Bety? —apuntó otra.

En aquella cocina cabían, además de los vapores del café y los olores a pan horneado, nuestras ilusiones por descubrir el secreto de tía Bety. Aquel nos parecía el lugar y el momento perfecto para conocerlo.

—La camisa de franela florecida de rojo engalana la figura del varón, cierra los ojos, aprieta el paso... Ella, la joven, solo sabe de esperas —empezaba a decir tía Bety, tomándose el papel de declamadora, enterneciendo los ojos, haciendo artísticos movimientos con las manos, y todos reíamos al saber que, con este poema, le daría vuelta a la respuesta.

—El secreto, tía, tu secreto, el cofre, el ropero, gritábamos en coro.

—Amante despreciado, enamorado de ella, lejano, muy lejano. París despierta, París se asoma... —y aquí, tía Bety iba subiendo el tono de sus palabras a sabiendas de que, nosotros nos uniríamos a ella en aquel canto, olvidando nuestra pregunta.

—París se llena de melancolía... En este punto nuestras risas, la algarabía en pleno llenando los rincones de la cocina, horno, fogones de adobe, todo.

—París se llena de dulces, macarons, croissant, soufflé, ¿y?

—¿Huevos tibios?

—Como los que hace nuestra tía... —gritábamos todos en coro y corríamos a abrazarla.

Veinticinco minutos después, las rosquillas saliendo del horno, aquel aroma, aquella delicia ante nuestros ojos. Solamente era cuestión de tiempo para tener dos o tres rosquillas en nuestros platos, partirlas en dos crujientes trozos y llevarlas a la boca.

Sin tiempos que cumplir, las tardes en San Antonio se prolongaban hasta bien entrada la noche. Serpientes y escaleras, damas chinas, bombones asados, risas y cantos, a veces también una que otra pelea entre nosotros, y uno que otro raspón que llevaba al llanto; el sueño nos iba venciendo, las órdenes de silencio desde la habitación de los abuelos, las amenazas.

—Al que no se duerma lo levanto a las cuatro para la ordeña —decía el abuelo.

La claridad de la noche por la luz de la luna, el croar de los sapos, el triste canto de los grillos, algún búho. El codazo en mis costillas.

—¿Qué pasa?

—Fuma

—¿Qué dices?

—Tía Bety

—¿Qué?

—Está afuera, en el corredor.

La silueta de ella, envuelta en su chal, las bocanadas, la lumbre del cigarrillo, las volutas de humo.

3

Soy Daniela, la mayor de las nietas. Jamás en nuestras vidas vimos a tía Elizabeth desarreglada. Después de los abuelos era la primera en estar de pie, y el código para entrar a su cuarto era respetado por todos. Nunca entrábamos si su habitación estaba sola, nunca entrábamos sin tocar y sin que ella nos diera el permiso. Lo mismo pasaba en la casa de Yajalón que en la del rancho. Era bonita, el cabello siempre bien peinado, el cutis terso, una minucia de maquillaje —únicamente para resaltar detalles, era lo que tía Bety nos decía a sus sobrinas—.

El ritual de la belleza, decíamos de las lindeces en San Antonio, y allí estábamos las siete primas reunidas en torno a ella y en los primeros minutos de la mañana. Cuando las hojas de los árboles y los pétalos de las flores aún tengan, meciéndose, las gotas del rocío. Los primos merodeando y haciendo gestos en son de burla.

Tía Bety con pequeñas toallas blancas, Tomasa con un cubo grande de agua caliente, siete palanganas medianas que, para eso de la belleza de la mujer, no se escatime.

El corredor interior y en el extremo más escondido la pila de agua corriente. Fría en extremo.

—La belleza cuesta, niñas —decía tía Elizabeth y nos hacía llenar nuestras palanganas con agua fría; enseguida, la primera indicación, meter la cara. Y allí íbamos con temblorina. Diez o quince segundos y repetir hasta tres veces. Para entonces, Tomasa había puesto las toallas en el cubo de agua caliente. Después del agua fría cubríamos nuestras caras con las toallas calientes. Tía Bety venía entonces con cada una de nosotras, nos ponía en el hueco de la mano una cucharada de miel y un generoso puñado de azúcar. Ella frente a nosotras con sus gentiles órdenes.

Mezclen la miel y el azúcar, primero las mejillas, movimientos circulares suaves, decía y nos mostraba cómo. Luego la frente, el mentón, la papada y aquí las risas. Embadurnadas reíamos a más no poder. Ahora todas las palanganas con agua limpia, nuestras caras entrando y saliendo una y otra vez y otra vez. De nuevo las toallas calientes, los rostros enrojecidos. Abrir y cerrar los ojos, mover los labios como queriendo besar al novio.

—Risas discretas por el amor de Dios —decía tía Elizabeth, y ella misma dejaba salir una que otra carcajada. Las palanganas otra vez llenas de agua fría—. Bucitos —decía entonces y las niñas manteníamos la cara dentro. Para entonces contábamos ya con unas toallas limpias y secas.

El ritual de la belleza concluía con el desayuno que, invariablemente, era avena y leche de vaca y un solo dátil.

—¿Qué otros secretos tienes, tía Bety? —preguntábamos riendo.

—¡Ah! Muchos, muchos..

—¿En el cofre de tus secretos? —Y reíamos junto con ella.

Había silencios, había esas prolongadas pausas en las que Elizabeth, la tía Bety, parecía evaporarse, desaparecer, querer ser invisible.

4

Tía Bety fue madurando con nosotros, niños y niñas, jóvenes adolescentes que más de una tarde le dimos dolores de cabeza. Los secretos del primer novio o de la primera aventura, el temor de que nuestros padres no lo entendieran y, así como yo, otras primas o primos acercándonos a ella. Nunca dejamos de verla las tardes de domingo, a veces unos, a veces otros, casi siempre todos los primos. Con ella algún cigarrillo de escapada, algún trago de tequila, una cuba.

—Para que sepan de qué se trata y entiendan que todas las cosas tienen consecuencias —solía decirnos.

Los pasos de baile y la extraordinaria facilidad con la que ella se movía. La gracia que tenía para mover pies, cintura, caderas. La sencilla elegancia. Los gestos en su cara, la maravilla y la viveza de su mirada.

Con ella nos enteramos de Elvis Presley y de los Beatles, del rock and roll y sus bailes. Con ella también nos hicimos cómplices en los valses al cumplir los quince.

Lo del swing, lo del bule bule, lo del hustle, todo fue por ella.

Con el tiempo llegaron también las decepciones amorosas. El primo Carlos y el indecible dolor de verlo abatido cuando, después de casi cuatro años de noviazgo, un buen día, la novia tan querida se enredó con otro. Y tía Elizabeth también estaba para esas cosas. Su sencilla forma de mirar la vida.

—Carlitos, así como se fue esta, vendrá otra —dijo tía Bety una tarde de domingo. Nosotros miramos la triste figura de nuestro primo, abatido como el que más, y cinco o seis meses después, acudía de nuevo a una tarde de velada, allí en casa de los abuelos, con la novia que, al paso del tiempo, sería su esposa.

¿De dónde sacaba tanta visión tía Bety, de dónde tanta experiencia para decir las cosas tan precisas como las decía, de dónde tanta calma para capotear las tormentas, de dónde tanta dulzura para endulzar nuestras penas, para hilvanar nuestras alegrías?

¡De dónde! Más que del cofre de los secretos, pensábamos entonces, y de vez en cuando, jugábamos con ella a quitarle la llave que, con el tiempo y habiendo dejado de usar el refajo, llevaba siempre pendiendo de una cadena adornando su cuello.

Había siempre un velo de misterio alrededor de los años de juventud de tía Elizabeth, un velo que se extendía en un muro de silencio inquebrantable entre ella y los abuelos, entre ella y sus hermanos. Murmurábamos entre nosotros los primos ya mayores, algún gran amor y un despecho. Un amante prohibido. Fotografías, cartas comprometedoras, regalos, afiches. ¿Qué guardaba tía Bety en aquel cofre? ¿Qué le hacía cuidarlo con tanto celo?

5

—He hablado con Rosita, la de la estética —dijo mi madre—. Vendrá para hacerte unas pruebas de peinado y maquillaje. —Pero bien sabía yo lo que quería.

El día de mi boda, y a pesar de que la ceremonia sería a las seis de la tarde, comenzó nuestro ritual de belleza a las cinco de la mañana. La limpieza de cutis con agua fría, miel, azúcar y agua caliente. Lo del desayuno de avena y esta vez dos dátiles y un higo. Los delicados cuidados en el baño. La llegada de las primas, los preparativos y las risas.

El peinado primoroso y el maquillaje discreto, pero con una virtuosa sencillez. La más hermosa de las novias, según el dicho de familiares, invitados y vecinos del pueblo. Todo por obra y gracia de la tía Elizabeth. Y así como fue conmigo, lo fue también para todas sus sobrinas; pero, por ser la mayor y la primera en casarse, recibí para el adorno del tocado el broche de brillantes que tía Bety sacó de la chistera.

¡El cofre de los secretos o del tesoro! —exclamamos; pero no, aquel broche no salió de aquel cofre, sino de la caja fuerte del abuelo.

Contemporáneos, todos los primos habíamos dejado con la infancia y la adolescencia nuestros vanos intentos de descubrir secretos y misterios de la casa de los abuelos, y en particular, de la habitación de la tía, de su ropero y del cofre que estaba allí a resguardo. Los libros de la casa iban y venían de nuestras manos sin necesidad de escondernos. El desván había dejado de ser la guarida del tesoro para convertirse en el rincón de los recuerdos y la nostalgia, y hasta allí subíamos para ver fotografías, estampas, juguetes, todo lo que se había ido guardando.

Con la primera de las bodas, mi boda, se desencadenaron las del resto. Y de allí se duplicaron como por arte de magia los sobrinos, esposos y esposas y, casi de manera inmediata, nuestros hijos. La casa se encendía y se llenaba de alegría prácticamente toda la semana; tía Bety a cargo, dada ya la edad de los abuelos. Convertida ahora más que nunca en el centro y eje de la casa grande.

Las largas horas de pláticas, los cigarrillos que hacía mucho tiempo compartíamos. Las visitas a su recámara, siempre, desde luego, con el permiso de ella para entrar.

—Adelante —respondía tía Elizabeth cuando sabía que se trataba de alguno de nosotros y, con prudencia, esperábamos un poco para dejar que, sin prisa, cerrara su preciado cofre y lo guardara en el ropero.

Ella lo agradecía siempre con una sonrisa que, al paso de su vida, embellecía más su rostro.

Las tardes se nos iban entonces entre risas, entre recuerdos y entre aquellos silencios que apagaban poco a poco el brillo de su alma.

6

Cuando nuestros hijos rondaban los diez años de edad, y ya con los abuelos fallecidos, Yajalón había cambiado tanto. Para ir a San Antonio ahora no había nada más que subirse a una camioneta y en quince minutos se estaba allí.

Las calles antaño empedradas tenían ahora concreto. La nostalgia por aquellas excursiones que habíamos hecho en nuestra infancia, las historias que marcaron nuestra vida.

Por qué no compartirla con nuestros hijos.

—Tía Bety, hagamos la excursión a San Antonio, pero por el camino viejo, por el camino real —dijimos, y ella se quedó con la mirada perdida, como rebuscando dentro de sus pensamientos.

—Lo haremos el próximo domingo —respondió ella. Y lo hicimos.

La preparación fue sin madrugar tanto y sin huevos tibios. Dejamos el pueblo a las ocho de la mañana, por el camino real. Aquello era una auténtica romería, primos, esposos, sobrinos, hermanos, la gente saliendo a saludar y, sobre todo, a enterarse de qué iba todo aquello. Cantábamos y hacíamos bromas, tía Elizabeth marcando el paso con sus hermanos y cuñados. Y nosotros, los doce nietos, los doce primos esperando su orden.

—¡Silencio! —Oímos de pronto la orden que salió de la boca de tía Bety y nos remontamos a la historia de nuestra infancia, de nuestra juventud, de nuestra madurez, de toda nuestra vida.

—In nomine Patris et Filii et Spiritu Sancti —dijo tía Bety y todos lo repetíamos haciendo la señal de la cruz. Frente a nuestra vista, las lápidas en recuerdo de los que habían fallecido en el accidente aéreo.

7

El día es triste. Toda la mañana con una pertinaz lluvia. La neblina baja, el frío, el silencio en las calles. Nuestros padres, hermanos de tía Elizabeth, se fueron despidiendo de nosotros al paso de los años, dejándola a nuestro cuidado. Ella jamás ha estado sola, de uno u otro modo todos la hemos procurado con el mismo amor que recibimos de ella. Entendemos que ahora ha llegado su tiempo.

Tía Elizabeth murió en su cuarto; del sueño tranquilo pasó al sueño eterno; yo y tres de las primas nos hallábamos allí velando su sueño. Estrechó nuestras manos con unas delicadas y frágiles manos que en la vejez se habían vuelto de niña. Entre las mujeres limpiamos su cuerpo y la vestimos con sus mejores prendas. Nuestras lágrimas caían sobre sus cabellos, y sobre sus brazos y sobre su vestido. A veces reíamos al recordar las anécdotas y las bromas que vivimos con ella, todos la abrazamos y llenamos de besos.

—Me quedé con la llave —dije a mis primos, abrazándonos.

Tía Elizabeth había pedido ser cremada.

—Eso de la tierra, el frío, la humedad, la soledad y los gusanos no va con mis gustos —había dicho.

Dispusimos todo. La cremación, los detalles. Un hermoso crucifijo de madera que ella misma había escogido y que, con cuentas de semillas, engarzaba sus manos. Allí, junto a ella, los doce sobrinos mano a mano. En silencio acomodamos su cuerpo sobre la cinta metálica que la llevaría al horno. Atamos la llave a su cintura, colocamos a su lado el cofre de madera. Su cofre, su secreto, su vida y, a una sola voz, empezamos...

—La camisa de franela florecida de rojo, engalana la figura del varón, cierra los ojos, aprieta el paso... Ella, la joven, solo sabe de esperas...

Amante despreciado, enamorado de ella, lejano, muy lejano. París despierta, París se asoma...

París se llena de melancolía...

París se llena de dulces, macarons, croissant, soufflé, ¿y?

¿Huevos tibios?

Como los que hace nuestra tía...

Del cofre y sus secretos, ni uno solo de nosotros quiso que se abriera, esa fue la razón para que se fuera junto con ella al fuego.

En la otra orilla del Tajo

> Béseme él con los besos de su boca,
> porque tus expresiones de cariño
> son mejores que el vino.
>
> -El Cantar de los Cantares-

—Cuénteme su vida —le dije tratándola de usted, a pesar de que era una joven que, quizás, apenas rebasaba los dieciocho años de edad. Me miró intrigada—. No se crea, dígame lo que quiera.

—Escapar de aquí —dijo ella, de inmediato—. Por favor, lléveme con usted. —Desviaba la mirada de mis ojos y los dirigía al cerro, señalando hacia el castillo de San Jorge.

—Lisboa me asfixia —dijo entonces ella y suspiró profundamente—. Me asfixia.

Se había pegado a mi costado y caminaba a toda prisa junto a mí. Caía la tarde y llovía, no era una lluvia fuerte pero tampoco una brisa. Mojaba, sin lugar a dudas.

Abrí mi abrigo y la cubrí abrazándola por la cintura. Era menuda y delgada. El cabello largo cubría hombros y espalda.

—Por favor lléveme con usted —volvió a pedir, acercando sus labios a mi oído.

Caminamos por Rua da Comercio, asomándonos por el arco de Rua Augusta y enseguida la Praça do Comercio.

La gente corría a uno y otro lado, buscando cobijo. Las aceras se llenaron pronto de paraguas negros, Todos negros, pensé, y caí en cuenta de que los hombres y mujeres a mi paso vestían tan solo ropa negra. Trajes, vestidos, faldas y abrigos negros.

Se pegó más a mí. Sentí su aliento en mi cuello, el calor emanando de aquel juvenil cuerpo, sus labios, incluso el roce de sus pestañas. ¡Los senos! Clavados en mi costado.

Ese por favor lléveme con usted martillando mi cerebro. Acepto que soy ya un hombre viejo, acepto también que no tenía por qué hacer lo que mi instinto me ordenó llevar a cabo…, pero tal vez lo que estaba viviendo no era más que un sueño.

Subimos al paquebote amarrado, al poste de concreto. Para entonces la lluvia había arreciado, dos o tres relámpagos, la gente corría para guarecerse, las cuchillas de los transformadores eléctricos saltando. Lisboa cayó entonces en una oscuridad impenetrable.

El paquebote surcando con nosotros a bordo, aquel rítmico vaivén de las olas, el sonido del agua golpeando la barcaza. De nuevo las luces de la ciudad, ahora alejándose, alejándose.

En línea recta y con uno que otro cabeceo del bote, el ronco y casi apagado sonido del motor con el esfuerzo para ir remontando los vientos y el oleaje en contra, veinte minutos más tarde y allí estamos tumbados, tumba de su juventud, tumba de mis ansiedades. Viejas fábricas de la posguerra inservibles, viejos edificios abandonados y ahora, pletóricos de grafitis. Y allí entre esas paredes derruidas, bajo esos techos destejados, allí en esa puerta de madera que fue nuestro lecho, allí bajo ese cielo de oscuridad y lluvia, y de silencio y frío la hice mía.

—Por favor lléveme con usted —había dicho mientras corría en paralelo mío, en las mojadas calles de Lisboa, no hace mucho, hace apenas unas horas, esta tarde.

Repito, acepto que ya soy un hombre viejo, pero también habrá que decirse que fui sincero con ella.

—Iremos allí —le había dicho mientras señalaba el lugar con mi dedo. Y ella quiso venir conmigo aquí, en la otra orilla del Tajo.

II

—¿Y qué tal le fue con la tormenta de ayer? —me preguntó el hombre sentado junto a mí. La mañana luce con un cielo despejado y límpido, de un espléndido azul.

—Justo alcancé a llegar a la casa.

—Hacía tiempo que Lisboa no pasaba por esas tormentas eléctricas; bueno, usted debe saberlo —dijo—. Lo de la lluvia, sin problema, pero, repito, esa andanada de truenos y esas descargas de relámpagos, y a todo esto, ¿viene usted acá seguido?

—Sí, vengo y me siento aquí en esta misma banca, y respiro los aromas del Tajo, y miro cómo fluyen sus aguas y todo el canturreo que lleva al paso, y me deleito con esos brillantes que chispean allí —y señalé hacia el río—, gotas que saltan y se enredan con los rayos del sol al despuntar el alba.

—¡Ah! Es usted poeta por lo que veo —exclamó el hombre, y al mismo tiempo hizo un guiño con los ojos.

—Uhm, solo lo intento, sabe usted. —Pero cierto, hago notas, saco apuntes y, de vez en cuando, escribo—. Es la hora —dije entonces y comencé a descalzarme, arremangué enseguida mis pantalones por encima de las rodillas, tomé mis zapatos y caminé hasta la orilla del Tajo. A medida que metía mis pies descalzos, sentía sus cálidas aguas acariciándome. El hombre me miraba, un tanto sorprendido, yo tan formal con mi traje de lana y mi camisa blanca, y mi corbata, y con mis zapatos en la mano.

—¿Supo usted lo de la chica que mataron? —gritó el hombre desde la banca— La encontraron allá en las viejas fábricas. —Señaló con la mano hacia los viejos edificios que alcanzábamos a ver a la distancia.

—¿Y qué hacía allí en la otra orilla del Tajo? —pregunté sin voltear a verlo.

—Es lo que están investigando —dijo el hombre mientras se ponía de pie, dispuesto a marchar—. Encontraron a la deriva un paquebote de correos y cuatro barcazas de pesca, por lo de la tormenta, sabe usted —Y dándome la espalda se fue alejando.

III

Mis pasos resuenan al golpear los adoquines de piedra, he dejado la estrecha banqueta y camino sin cuidado alguno a media calle. Mi vista se queda fija en la casa azul de la esquina de Erasmo, esos azulejos abigarrados que forman figuras geométricas encuadrando la ventana blanca de madera. Los cuatro balcones pequeños con herrería saliente. El bar de barrio alto. Son las seis con veinte de la tarde, el bullicio, el olor a sardinas con aceite y ajo, el chisporroteo sobre la parrilla en las brasas. Los trozos de bacalao fresco. Las torres de patatas fritas. Mi tercero o mi cuarto vaso de vino verde, ya perdí la cuenta. Después del encuentro en el muelle esta mañana, caminé sin rumbo por calles y callejuelas del centro de Lisboa, allí en la baixa. Una y otra vez me asomé hasta el pequeño muelle en Praça do Comercio; los señalamientos a las barcazas de pescadores, el paquebote de correos, todos, cinco en total, a resguardo de la policía. Mis oídos prestos a cualquier detalle. Y volvía a recorrer otras calles y recaía de nuevo en el muelle, nuevas caras indagando, nuevas personas en pequeños corrillos, murmurando, fisgoneando, buscando.

Hace treinta minutos el elevador da Glória me acercó a barrio alto. Comenzó la lluvia de nuevo; olvidé traer mi abrigo; sí, el mismo de la tarde de ayer. En el televisor del bar las noticias, mucho ruido aquí dentro.

—Algo de una linterna de mano, de las que acostumbran en los botes de pesca —me dijo el de al lado—. No la encuentran en el bote de correos.

Al fondo, una guitarra portuguesa y un bajo, la voz de una chica, el doloroso lamento del fado. De vinos, dos o tres tragos más; de las sardinas apenas el lomo de una de ellas; camino bajo la lluvia que cada vez arrecia. Otra vez, como ayer, la gente buscando refugio, los pasos acelerados que pasan junto a mí para perderse enseguida bajo el quicio de alguna puerta o al doblar la esquina. Bajo por Travessa da Cara hasta Rua da Sao Pedro de Alcántara y Rua da Misericordia, y de allí me pierdo entre calles y recovecos durante dos horas, y de nuevo Praça do Comercio, y de nuevo el muelle con sus postes de concreto, y de nuevo las barcazas de los pescadores y el paquebote de correos del que, ahora sé, le falta una lámpara sorda de emergencia.

IV

Al respirar tarde en la noche,

tiro al suelo mi cansancio,

y mis manos agitadas.

Siente el hambre de abrazos.

Siento el vacío en mi alma / Como un barco hundido.

Siento el hielo, Siento el frío (**)

Uno a uno los versos en mi cabeza, uno a uno como punzantes llamadas, como eterno recordatorio. Las calles de Lisboa se fueron quedando vacías, se fueron quedando en silencio. Me siento, me paro y camino, doy cortos pasos, enciendo un cigarro, me acurruco en un portón, y escucho, solo escucho. Ese rumor del río Tajo, ese sensible pero insistente ir y venir de las olas, el murmullo al golpear contra los muros, contra los barcos, contra mi alma. Acepto que soy un viejo y que a estas alturas ya no debería tener miedo, pero esto tengo que decirlo, tengo miedo y mucho. A medianoche solo quedamos aquí los tres policías de guardia y yo, los cuatro fumando, ellos toman de vez en cuando algún trago de café desde sus termos, y yo, acurrucado y fuera de sus miradas, suspiro y sollozo quedo. Cierro los ojos y la veo, tan menuda y hermosa, ese cabello cubriendo hombros y espalda. Suspiro y, sobre todo, lloro.

V

—Agostinho Mendes da Costa, del barrio de la Alfama, señor, a los pies de San Jorge. Setenta y cuatro años, respondí enseguida al agente de policía, mostrándole mi bilhete de Identidade, el hombre miraba la fotografía del carnet y luego volteaba a verme y así, dos o tres veces.

—Siéntese allí —dijo por fin y señaló una silla al fondo. Allí, en la silla de al lado, el hombre de la banca junto al muelle, el mismo de aquella mañana. Esta vez serio, con la mirada esquiva, un imperceptible movimiento de cabeza a modo de saludo. No contesté el saludo y fijé mi vista en el cuadro que colgaba en la pared. Era un barco pesquero que iba surcando las aguas del Tajo, bueno, lo de surcar lo intuí por el movimiento que el pintor hizo al cortar las olas con la quilla, y lo del Tajo lo pensé porque no podía ser otro río, ¡nunca!, estando aquí en Lisboa.

No había acusación alguna, solo vagas indagaciones. Desde hacía doce días, a partir de la desgracia en la otra orilla del Tajo, la policía había pedido —por la radio y los periódicos—, que la gente se presentara a ofrecer alguna pista. La que fuera, decían.

El agente nos pidió acercar nuestras sillas hasta ponernos de frente a él.

Primero el hombre aquel de la banca junto al muelle. Describió la escena con lujo de detalles. Mi traje de lana, mi camisa blanca, el acto perverso de descalzarme. Mi triunfal entrada a las aguas del río Tajo. Expresó también lo de mi pinta de poeta.

—Lo más extraño de todo —exclamó— es que me dijo que él iba todas las mañanas allí, a esa misma banca, y jamás ha vuelto. Y mire que yo sí que he estado allí sentado, desde que despunta el alba y hasta bien entrada la mañana.

—Un fuerte resfriado —contesté cuando el agente me preguntó la causa de mis ausencias a aquellos paseos cotidianos.

—¿Un fuerte resfriado? —repitió él y dejó entrever una sonrisa. La primera de aquella álgida mañana. Volteó a ver al hombre, se encogió de hombros, hizo algunos gestos con las manos. Enseguida tachó la hoja en la que escribía, hizo una pequeña bola con el papel y lo tiró al bote de basura—. Vá com Deus, vovô —y se puso de pie señalándome la puerta de salida.

De vuelta a la calle empecé a vagar sin rumbo.

Vaya con Dios, abuelo, la expresión del agente al despedirme, repiqueteando dentro de mi cabeza.

VI

¡Abuelo, abuelo! ¡Viejo! Esa expresión en la cara, el recuerdo de aquellas carcajadas desencajando el rostro. Un rostro hermoso, bello, apenas reflejado por la luz de la lámpara de mano. Aquel cuerpo tan joven y tan fresco, ella de pie frente a mí. Los relámpagos iluminando el cielo, iluminando nuestra guarida sin techo, iluminando nuestros cuerpos, iluminando los senos redondos y firmes, el vientre plano, las caderas, el amoroso triángulo del pubis, las blancas piernas, descubriendo mi pudor en la cara, las angustias de saberme un viejo sin carnes. El sentido sollozo al saberme, un viejo decrépito, un pobre viejo, mi dolorosa tristeza al vestirme y mirar sobre aquel tablón, allí junto a mí, el cuerpo de ella, inerte.

VII

—La verdad es que la lujuria no se les quita a ustedes con los años —dijo ella y siguió con esa risa tan particularmente aguda, una puntilla para el orgullo de cualquiera. Intenté llevarla por el mismo camino con el que había hecho mella en su alma esta misma tarde, mi plática tan interesante, según sus propias palabras.

Tenedor de libros de la vieja fábrica de armas y enseres militares en aquellos años iniciales de la posguerra, mil novecientos cuarenta y dos, o cuarenta y cuatro, la ansiada transformación industrial de Portugal, y en especial de Lisboa, con los dineros de uno y otro eje con los que, nuestra neutralidad, parecía bendecirnos. Mis ansias por salir de la pobreza a mis escasos doce años de edad.

—Lisboa era otra, los lisboetas éramos otros —puntualicé—. Nos movíamos entre fascistas y republicanos, entre reyes depuestos e ingleses que nos cobijaban, entre judíos que huían a Nueva York y potentados que lo compraban todo, particularmente el arte que escapaba de Europa, y también las mentiras de espías y contraespías. La gula durante el día, la lujuria por las noches, parecía ser este el lema en aquellos tiempos y no se alejaba para nada de la realidad. Alemanes trasnochados en busca de jóvenes efebos, cuerpos atléticos para pasar la noche y, al llegar a este punto, los ojos de mi joven acompañante se abrieron desproporcionadamente.

—¿Usted fue uno de ellos? —preguntó intrigada. Asentí con un discreto movimiento de cabeza.

—Había que cubrir necesidades —maticé enseguida—, pero solo fue un tiempo pasajero, sabe. Supervisor de personal de la oficina de recursos humanos durante cuarenta años en la fábrica de pinturas y solventes, lector y asistente cotidiano de cafés y bibliotecas, una vez jubilado.

—¡Lector! ¿Y qué lee?

—Lo que caiga en mis manos —dije—. Pessoa, sí, particularmente Pessoa.

Había que verla esta tarde, tan ensimismada con mi plática, tan atenta. Celebraba cualquier gesto mío, reía discreta. Quizás en el café pensarían que nosotros éramos el abuelo y la nieta. La confianza con la que me abordó interrumpiendo mi lectura y mis apuntes. La fresca propuesta, así como si nada. Hola, ¿puedo acompañarle? Y yo, con la misma soltura, respondí por supuesto que sí, por favor, siéntese.

Pero esta noche de tormenta se ha ido aquella joven que me abordo desamparada. Por favor, lléveme con usted, había pedido. Y ahora no son tan solo las palabras, sino, en especial, la risa desbocada.

¡Abuelo, abuelo! ¡Viejo!, había dicho, y enseguida todo aquello de la lujuria. ¿Y la lujuria sin par de no tener ya esperanza?, escribió Pessoa en algún poema, pero yo jamás he sido proclive a ello, me recojo de tarde en tarde en el cobijo de un libro, en el tranquilo caminar por la baixa, en el retiro de un cafetín en el barrio. En el anónimo deambular con mi traje oscuro. Jamás una mujer, como esta noche, reventó la calma y la quietud en la que vivo.

VIII

Como aquella mañana del día siguiente y mi encuentro con el hombre de la banca, volví a retomar mis paseos cotidianos. Los días han pasado engarzándose en intrincados enredos, la policía sin hallar pistas, los diarios y la radio poco a poco olvidándose del caso. De vez en cuando alguna nota al paso, algún detalle nuevo. Terezinha Pereira, saltó por allí nombre y apellido, y al escucharlo —o leerlo, no recuerdo bien— se abatió sobre mi alma una enorme tristeza.

Terezinha, Terezinha, repetía incontables veces mientras iba de calle en calle y es que ponerle nombre a la pena pesa y pesa mucho. Han pasado seis meses de aquellos días de la tormenta, mis hombros han caído, mi cuerpo se encorva en un puntual afán de pasar desapercibido. Setenta y cinco años y miro al otro lado del Tajo, y me descalzo y entro al agua y camino por la orilla, este peso del muerto que dobla mi cuerpo, este latir eterno entre el desasosiego y la culpa por la que, más de una vez, he considerado hundirme en el río.

IX

Por un momento pensé en echar marcha atrás. Cuando salimos del café empezaba la lluvia. La ternura con la que se abrazó a mi cintura, la mirada limpia, la risa hasta entonces tímida. Su paso intentando seguirme. El calor emanando de ella, una fuente térmica, una luminosa fuente de emotivas sensaciones, pero, sobre todo, la confianza con la que se dirigía a mí. Al cruce de la Rua Pedras Negras y Travessa do Almada pasó por mi cabeza soltarme de su abrazo y seguir solo rumbo a casa. Aquello era mucho más fuerte que cualquiera de las experiencias de toda mi vida. Un hombre de más de setenta años y ella, apenas una jovencita y, además, hermosa. Desistí dejarla y seguir mi camino de soledad. Llegamos al muelle cerca de Praça do Comercio, allí algunos botes de pescadores y el paquebote de correos.

No me era ajeno el asunto de surcar las aguas y, mucho menos, en aquel cruce por los que había ido y venido de la fábrica. El oleaje y el viento estuvieron a nada de hacernos dar la vuelta, pero las ansias encerradas en mi alma durante toda mi vejez me dieron fuerzas para seguir adelante. Atracar en el viejo muelle de la fábrica, sentir su mano mientras la ayudaba a salir del bote, de nuevo su abrazo y su aliento cálido. La vergüenza de saberme inexperto en esas lides. Allí el silencio y la oscuridad, las paredes derruidas, los techos abiertos al cielo, los relámpagos y la lluvia. Nuestra linterna sorda. Treinta y tantos años sin estar a solas en presencia íntima con una mujer. Antes sí, quizás alguna puta. El silencio y la pausa con la que se fue quitando la ropa, primero la blusa para mostrar al cielo el encanto de sus senos, cubriéndose coqueta con el cabello, la pasión en mi alma. Y después la falda al suelo. El vientre plano, el triángulo de su sexo, la firme estructura de sus muslos, diosa del parnaso. Me cubrí entonces con ese manto de locura, con esa enjundia de varón en celo hasta mostrarme como el más servil de los amantes.

—Volvamos —dijo entonces ella e hizo el intento de empezar a vestirse.

¿Cómo puede alguien tomarse la libertad de entrar al café, de mirar cómo lees, de interrumpir lo que escribes, de robarte la tranquilidad con la que has vivido cada día, de decirte que caminar solo por las calles es de lunáticos, volver —en apenas un par de horas— todo tu mundo de cabeza, de nublar tu entendimiento, de hacer de ti el más miserable de los hombres?

¿Cómo puede alguien tomarse la libertad de tronar los dedos y convertirte de un hombre viejo, con todos sus defectos, en una bestia humillada y brutal?

—La verdad es que la lujuria no se les quita a ustedes con los años —fue lo último que dijo, y claro, también quedó en el aire lo de su risa, esas carcajadas que, aun a la distancia, martillan y martillan.

X

Cuantas vueltas habré dado por las estrechas calles de la Alfama, mi barrio. Cuantas tardes me habré refugiado aquí en estos quebrados recovecos de callejuelas empedradas para mirar, desde esta atalaya, cómo van cayendo las sombras de la noche sobre la baixa, cómo se va ocultando el sol hasta hacer del río Tajo, una inmensa charola de plata. Bajé del tranvía 28 y continué mi camino. Mis pasos cada vez más lentos, un poco de fatiga pero, sobre todo, el dolor en el alma. El recuerdo vivo de Terezinha, esa mujer que cambió mi destino con un solo golpe de timón. La tarde aquella en el café, su presencia irrumpiendo abruptamente en mi vida, esa mirada y esa sonrisa, los gestos de sus manos al hablar, el chasquido misterioso en los labios al pronunciar ciertas palabras al pedir si podía sentarse allí junto a mí. Esa burbuja que nos envolvió en esa estancia. Todo el mundo pareció haberse detenido, el tiempo solamente existía para ella y para este pobre viejo. Cómo poder imaginar, en esos momentos, que unas horas después aquella mujer sería mía, cómo imaginar que caminaríamos juntos por las calles de Lisboa, que se pegaría a mi costado, que rodearía su cintura con mi abrazo, que surcaríamos el Tajo en un bote, que nos entibiaría la lluvia.

Ahora mis pasos golpeando con fuerza las piedras de la calle. La Alfama mi cuna, cuna también de pescadores. Las sombras de la noche, las sombras que son otros hombres que, como yo, se van ocultando al doblar la esquina. Que conversan con sonidos apagados, que murmuran y, aquí dentro de mi cabeza, la sombra de ella dando vueltas y vueltas, enredándose. Sus besos que avivaron mi adormecida calma, mis manos y su cuerpo desnudo, mis ansias, mis angustias, mi dolor de viejo. ¡Terezinha, Terezinha!, repito a cada paso y vuelvo a revivir la inocencia infantil al irla penetrando. La inocencia de niño que vuelve y vuelve y vuelve, con el recuerdo de ella que me mantiene vivo.

XI

Pai Nosso, que estais no céu, santificado seja o Vosso Nome. Venha a nós o Vosso Reino. Seja feita a Vossa Vontade...

En mi memoria, reminiscencias de mi infancia, la plegaria que aprendí de mi madre. Mis ojos anegados en llanto, la rabia haciendo un nudo en la garganta, mis manos apretando más, y más, y más su cuello hasta que cesaron sus esfuerzos por soltarse de mí. Y de nuevo sobre el tablón húmedo yace el cuerpo inerte, ese cuerpo apenas unos minutos antes tan fresco, tan brutalmente hiriente. ¡Volvamos a Lisboa, viejo! Esa expresión que resuena en mi cabeza, ¡viejo, viejo! Y la burla en sus gestos. Mientras reía se había apropiado de mi cartera y mis dineros, se había apropiado de mi orgullo, se había cobrado cada uno de mis sueños, cada una de las ilusiones despertadas en mí a partir de su llegada, apenas unas pocas horas antes.

Vestí mi ropa húmeda, tomé la suya y cuidadoso hice un hatillo con ella, me coloqué el sobretodo y sin voltear a verla, encaminé mis pasos hasta el bote. Eran las dos con doce minutos de la madrugada cuando crucé el arco de Rua Augusta de la Praça do Comercio y, tirando a mano derecha, empecé a subir la cuesta rumbo al barrio de la Alfama. No hallé a nadie, todas las luces de la ciudad estaban apagadas, de vez en cuando un relámpago, la lluvia fina, la lámpara sorda en mi mano, el toc, toc, toc, de los tacones de mis zapatos, mi paso lento, la fatiga. Pai Nosso, que estais no céu, santificado seja o Vosso Nome. Venha a nós o Vosso Reino. Seja feita a Vossa Vontade... todo lo que cuesta cargar con el peso de un muerto prendido en el alma.

XII

Al año de su muerte me presenté a la agencia, el policía se mostró atento y consecuente conmigo. Abuelo, viejo, anciano, con esos términos se refería a mí. Bajo mi brazo, la linterna sorda del paquebote, la saqué cuidadosamente de una bolsa.

—Allí deben seguir mis huellas —dije. El agente sonrió y me dio un par de palmadas en la espalda.

—Se agradece abuelo. Se agradece por su aniversario —dijo el policía, señalando una mesa en la que, por lo menos, se encontraban arrumbadas una veintena de lámparas, similares o idénticas a la mía. Allí mismo, en la mesa de las lámparas, una fotografía de ella, Terezinha Pereira.

Le conté al hombre aquel, a modo de confesión, todos los pormenores de mi historia con ella, el corrillo de tres o cuatro agentes más estampándome en mi cara sus burlas.

—Terezinha murió de un sofoco, de una asfixia, la encontramos desnuda en una fábrica, al otro lado del Tajo —agregó el policía.

¡Ala, vejete! A otros tontos con su historia —dijeron en coro y, mientras reían, me fueron echando fuera de la oficina.

Vá com Deus, vovô, fue lo último que oí de aquella gente. Vaya con Dios, abuelo. ¡Abuelo!

Pensé dar la vuelta y decirles que la ropa de Terezinha con la que me quedé aquella noche, me arropa día a día con sus olores, pero, en fin, ¿qué caso tiene?

XIII

Extrañará saber por qué escribo esto, extrañará quizás conocer esta historia, un embuste, un invento de mis sueños de poeta. La vida en soledad de un viejo como yo sumido en la tristeza da lo mismo vivirla en prisión que fuera, los miedos y las angustias son las mismas. Las callejuelas de Lisboa son mi celda, la única libertad que me permito es la visita matutina al muelle desde donde escucho el rumor del río, como si fuera mi breve salida al patio de la prisión. Ya no me permiten descalzarme y sentir las frescas aguas del Tajo, hay reglas y ordenamientos de convivencia que lo prohíben.

La sombra y el espíritu de Terezinha no ha dejado de seguir mis pasos desde aquel día, y la veo como la vi en el café y como la vi caminar junto a mí por la baixa, pero el dolor arriba al cerrar los ojos y allí otra vez su risa de burla, y mi rabia, y mis manos sobre ella, y la palidez en su cara, y su risa por fin apagada. Sé que el tren de la muerte se acerca, sé que ya no tarda, sé que el recuerdo de ella fue mi condena y sé también que a pesar de todo, no tengo ni remordimiento, ni culpa, porque su presencia de apenas unas pocas horas dio todo el sentido a mi existencia. Mi prisión no es una cárcel de muros y rejas, mi prisión está aquí dentro del alma, aquí en la cabeza. Mis carceleros, mis jueces y verdugos no son los de uniforme, sino la gente que camina junto a mí, la que me señala con la mirada, la que me niega la palabra, la que me tiende trampas, la que me persigue, la que me acorrala como animal herido, como presa de caza.

(**) (porque me visto de fado, Alexandrina Pereira)

De las evaporaciones o el acto de esfumarse

I

De la familia me tocó ser el tercero, con muchos años de diferencia entre uno y otro caso. El primero y el más clásico fue el del abuelo. En la espera del desayuno preparado por la abuela, huevos rancheros con frijoles refritos, y una ramita de perejil fresco.

—Ahorita vengo, voy por unos cigarros —dijo el abuelo, levantándose de la mesa.

—Todavía pude ver su espalda erguida traspasando la puerta —contaba la abuela, muchos años después.

Fueron en total veintitrés años, tres meses y dieciséis días en los que se ignoró absolutamente cualquier indicio del paradero del viejo. Mismo tiempo en que la abuela jamás dejó de colocar su plato y sus cubiertos a la cabecera de la mesa, lugar por supuesto al que todos nos acostumbramos a dejar libre a la hora del desayuno. Puntual también para su cumpleaños y para el día de su santo, la abuela preparaba cuidadosamente los huevos rancheros con frijoles refritos y perejil fresco. Se casó mi padre, el primogénito, nacimos mis dos hermanos y yo, y al cumplir los diez años nos enterábamos con discreción lo del asunto del abuelo. Era una especie de ritual de masoquismo extremo al que éramos sometidos los nietos. Casi simultáneamente nos enterábamos de la realidad y crudeza de la vida con la falsedad del ratón de los dientes, santa Clos, los Reyes Magos y la ausencia de aquel hombre. Una mañana sabatina, contando yo los catorce años, justo a la hora del desayuno, vimos aparecer por la puerta un hombrón de espaldas curvas y rostro hosco que, sin decir esta boca es mía, cruzó la sala, tomó asiento en la cabecera de la mesa y esperó tranquilo. Casi con el mismo gesto hosco y, por supuesto, en total silencio, se asomó la abuela por la puerta de la cocina, desapareció y reapareció enseguida con los huevos rancheros humeantes y olorosos, los frijoles refritos, por un lado. Para aquella época, el perejil ya estaba envasado, por lo que, la abuela lo había espolvoreado sobre los frijoles.

—¿No hay perejil fresco? —preguntó el abuelo, y de inmediato me mandó la abuela a comprar al tendejón de la esquina.

Precavida como ella sola, la abuela había deslizado junto al plato con los huevos, una cajetilla de cigarros.

—Ya no fumo —dijo el abuelo.

II

Lo del tío Hesiquio, el hermano menor de mi padre, fue menos clásico, pero más doloroso para la abuela. Sucedió justo al cumplirse los quince años de lo del abuelo. En vísperas de casarse. Salió como sale todo el mundo con rumbo al trabajo y, en el ínter, se le atravesó un autobús que lo llevó de pueblo en pueblo.

—Estos vuelven, hija —dijo la abuela a su futura nuera—, solo hay que tener paciencia.

Pero la fallida tía no la tuvo y, según se cuenta, se casó antes de cumplirse los cuatro meses de ausencia del tío Hesiquio.

Lo del tío no fue tan clásico porque, una vez agotadas las indagaciones de mi padre y de los otros hermanos, sobre todo en el afán de dejar bien claro que no había delito de por medio, dejaron por la paz su búsqueda. De vez en cuando algún pariente o vecino llegaba con detalles.

—Me pareció verlo —decía alguno.

—Creo que era él —mencionaba ocasionalmente otro.

La evaporación en el caso de Hesiquio, el tío que nunca conocimos de pequeños, era un clavo en la cruz de la abuela. Por más espinas de Cristo que encajara en su cabeza se le veía ir de un lado a otro con una impaciencia que jamás dejó de reclamarle a la santísima virgen.

Después del regreso del abuelo, tardaron otros cinco para que lo hiciera el hijo pródigo. También fue una mañana de sábado.

Por aquellos años, el abuelo y la abuela convivían entre gesto y gesto. Conocimos brevemente al tío Hesiquio. El abuelo sentado a la cabecera de la mesa, con sus huevos rancheros, sus frijoles refritos, y su perejil espolvoreado. A la tercera vez que le pidió perejil fresco, la abuela le dijo que, si lo quería fresco, fuera él mismo a comprarlo.

—Así está bueno —dijo el abuelo.

Pero, volviendo a lo del tío, se sentó, dijo que estaba bien lo de los huevos revueltos. También dijo que había dejado el cigarro, a lo que la abuela dijo:

—Por lo que se ve, el vicio de fumar está en esta casa. —Ninguno rió.

102

—Vine por Carmelita —dijo entonces el tío Hesiquio. Carmelita era la tía que había sido dejada por él, quince años atrás, ahora casada y con tres hijos.

—¿Y los hijos y el marido? —preguntó al paso la abuela.

—Usted no diga nada —respondió Hesiquio, y con la misma, después de comerse los huevos dejó la casa.

Por la tarde el chisme en el pueblo era la evaporación de Carmela y el abandono a los hijos. Del tío Hesiquio, no se acordaba ninguno.

Esa mañana lo único que había dicho la abuela fue:

—Le dije que tuviera paciencia.

III

Y finalmente lo mío.

A los dieciocho años me dijo mi madre, entre sonriente y no tanto:

—Espero que tú no hagas la misma pendejada.

Y no lo hice sino hasta cumplir los treinta y cinco años. Pero no crean, los pájaros revoloteando por la cabeza. ¿Cómo se esfuma uno así como si nada? ¿Cómo puede uno desaparecer sin dejar huella? ¿Cómo empezar otra vida sin un pasado detrás? Seis años de casado y con un hijo pequeño. ¿Salir por los cigarros? Pero no fumo ¿Tomar un autobús como Hesiquio? Son otros los tiempos.

Esfumarse es no dejar huella alguna, es hacerse literalmente ojo de hormiga, sin voltear a ver hacia atrás, sin ninguna atadura con lo que dejas. Son otros tiempos, me decía entre mí. Y me remontaba al silencio y al eterno ir y venir de la abuela.

Investigaba, por supuesto. Todas las huellas que va uno dejando por las redes sociales y por el Internet, los agujeros a la privacidad, los bancos y las tarjetas. Las anclas que arma uno en el trabajo. Y al final del túnel, una luz. Esfumarse, evaporarse. Jouhatsu, así se les conoce en Japón. Porque no pasa solo acá, ocurre en muchas partes, solamente que allá hay empresas que hacen las mudanzas. Y te asomas un día con tu nombre y al día siguiente eres ya de otra especie, la de los anónimos. Pero claro, eso es allá en Japón, aquí uno debe apañarse solo, como lo hicieron el abuelo y el tío Hesiquio.

Y esto lo cuento ahora, no desde los ojos de los que se quedaron en casa, de los que lo platicaron entre sí en torno a una taza de café o desde el descubrimiento que habrá tenido mi hijo cuando creció y le dijeron lo que tuvieron que haberle dicho de mi evaporación; sino que lo cuento desde la decisión de haber abandonado mi coche en un estacionamiento público y haber tomado con rumbo desconocido, y haber abierto los ojos en una solitaria sala de espera, después de haber subido y bajado de autobuses que me fueron llevando cada vez más lejos. Y que un sol extraño, desconocido, te deslumbre.

Así desperté yo, así me presenté a una oficina que sabía lo de las credenciales y eso, y sin dudarlo alegué haber extraviado mis documentos, y así también me creé uno nuevo.

Un nuevo trabajo, unos dineros convenientemente ocultos, una discreción absoluta, un silencio monástico, una casa de pensión que me arropó y sobre todo una soledad que abraza mi alma, porque los que nos esfumamos, y a pesar de todos los dichos, seguimos teniendo alma, al menos por un tiempo.

El día a día y ese peso con el que cargamos nada más despuntar el alba. Esos pensamientos obtusos en mi mujer y en mi hijo, aquellas palabras de mi madre, las tardes en el pueblo y el silencio que va velando todo recuerdo, hasta transformarse, con el paso del tiempo, en olvido. Y despertar una mañana y mirarme al espejo y ya no hallar al otro. Es entonces que se empieza a vivir de nueva cuenta. Otros conocidos, alguno con pretensiones de amigo, compañeros de trabajo, igual y alguna nueva sonrisa que, de tanto repetir tu nuevo nombre, te lo va endulzando. Es allí, justo allí, cuando por fin te desprendes del pasado, cuando de vez en cuando se asoma como si de algún sueño se tratara, como si alguien te hubiese platicado su vida o como si se confundiera con alguna historia leída o vista en una película.

Meses o años puede ser la medida; sin embargo, solo en ese momento será cuando comience tu vida, la otra desde luego, aunque —y he ahí la sombra— alguna tarde, alguna madrugada te mirarás de nuevo al espejo y allí, entre la bruma de la memoria, descubrirás tu viejo rostro como lo hago yo justo en este instante, y tomo lápiz y papel, y escribo, y doy rienda suelta a los demonios. Y pienso si, después de veinte años de haberme esfumado, sea tiempo de quemar las velas y dar vuelta de nuevo rumbo al pueblo, y volver a casa.

Justo en este instante, también, viene de nuevo la imagen de la abuela con aquel plato con los huevos rancheros, los frijoles refritos y el perejil fresco.

Los tres hermanos

-El recuerdo es vecino del remordimiento-
Víctor Hugo

I

Había también una vieja cabaña a no más de veinte metros del acantilado. Aperos para la pesca, cuerdas, un par de desvencijadas bancas de madera, un fogón de piedra con una parrilla de acero, una bombona de gas. Solíamos visitarla dos veces al mes, siempre los sábados. Papá ataba aquellas cuerdas para poder bajar y subir por el acantilado hasta las aguas del mar. Horas y horas jugando en aquel mar, nuestro mar. Las cañas y los cordeles puestos a la espera. Mis hermanos y yo, atentos a que mordieran el anzuelo. Subíamos alrededor de las cinco de la tarde, con cinco o seis buenos peces, limpios y aliñados para la cena. A esa hora mamá se había unido a nosotros, a veces llegaba con ella la señora Remedios, amiga y vecina de casa. Unas veces sola y otras con el esposo, el señor Rafael.

A mí me gustaba sentarme sobre algunas piedras del acantilado, arriba. Escuchaba el golpe de las olas, el chillido de las gaviotas. Me extasiaba con el rítmico ir y venir de la espuma del mar golpeando contra las rocas, disfrutaba ver cuando las gaviotas se enfilaban y entraban al mar en busca de los peces, el aleteo y el esfuerzo por alzar el vuelo con estos en el pico.

Las señoras preparaban los pescados en la parrilla de acero, papá y el señor Rafael servían vino para ellos y agua de naranja o de limón para nosotros. Después de comer, yo volvía a lo mío en el acantilado, mis hermanos y los señores al juego de fútbol, mamá y la señora Remedios a las largas horas de plática y tendidas jornadas de bordado.

Nosotros nos quedábamos a dormir en aquella cabaña y mamá regresaba a casa con los amigos. Yo podía quedarme hasta bien metida la noche oyendo el estruendo de las olas contra el acantilado, extasiado con el brillo de la espuma en el ir y venir de aquel mar.

Yo era el mayor de los hijos, tenía dieciséis años; me seguían Alberto con catorce y Sergio de once años. Papá y Rafael eran de la misma edad y eran amigos eternos, mamá más joven que ellos y Remedios mucho más joven que mamá. Los domingos volvían muy temprano con nosotros, mamá traía libros y cuadernos para hacer las tareas de la escuela, nosotros nos enredábamos en esas labores, mientras ellos jugaban un poco al voleibol.

—Tiene peludas las piernas —dijo Sergio una mañana de verano, y Alberto y yo volteamos a verlo riendo.

—Vellos —le dije a Sergio— son vellos.

Remedios tenía tupidas las pantorrillas de una infinidad de vellitos cortos y rubios.

—Es como gamuza —dije.

Alberto dijo que era como terciopelo.

—El terciopelo es negro o rojo —agregó Sergio. Y los tres seguimos con la tarea.

Remedios usaba siempre un pantalón corto para meterse al mar y para jugar en la playa. Un pantalón que le llegaba más o menos a cinco centímetros por arriba de la rodilla.

—Como a ocho centímetros —me dijo un día mi hermano Alberto. Un día que tocamos ese tema.

Alberto era asmático, siempre enfermizo y débil, lo de la cabaña y el mar, de algún modo había sido una indicación del médico del pueblo por aquella enfermedad. Aliviará los bronquios, había dicho. Entre papá y yo habíamos dispuesto las cuerdas y preparado el camino para subir y bajar desde la cabaña hasta la playa. Entre los dos también nos turnábamos para ir bajando los enseres para la pesca y los juegos, y para ayudar a mamá y a los hermanos a subir y bajar con todos nuestros cuidados. Yo procuraba siempre prescindir de aquellas cuerdas, y subía y bajaba ágil entre los pedruscos y rocas del acantilado.

Recuerdo aquella tarde en que subí a pulso, mamá se había animado y jugaba junto a nosotros en la playa, el señor Rafael corría ya de uno a otro lado en pos de la pelota, la señora Remedios estaba rezagada. Papá me pidió subir por una de las cañas de pescar y lo hice con todo el desgano del mundo; entré a la cabaña y allí estaba ella, la señora Remedios totalmente desnuda, cambiándose la falda y la blusa por aquel pantaloncillo corto. Permanecí en un pasmo, parado en la puerta. Remedios, a su vez, se quedó mirándome. Era menuda de talla, delgada, el cabello dorado recogido en una cola, era de una belleza totalmente inexplicable. Era blanca, los brazos caían a los costados, los pechos eran diminutos y turgentes, los pezones rosados. Los ojos verdes.

—Perdón —dije y di media vuelta, alejándome.

Aquella mañana, mientras leía y hacía mis tareas, la pelota con la que jugaban los mayores, rodó hasta en dos ocasiones, cerca de nosotros. La señora Remedios fue por ella, nuestras miradas se cruzaron, ninguno de los dos hizo gesto alguno.

No recuerdo bien si mis largas jornadas en las rocas del acantilado empezaron a hacerse habituales, después de aquella mañana, o si ya era una costumbre previa.

Aquellos años marchaban con una lentitud y una monotonía de pies de plomo. Todo giraba en torno al trabajo de papá en aquel pueblo de comercio, la temporada de compra de ovejas, la búsqueda de alacranes que metíamos, cuidadosos, en frascos de cristal con alcohol, una recolección puntual de todos los pobladores y que, puntual también, papá se encargaba de entregarlos a los compradores que venían de las grandes ciudades. Papá era una especie de intermediario de aquellas compras. Lo grande, sin embargo, era la cosecha de papas. Toneladas y toneladas salían en desvencijados camiones de carga. La algarabía en la temporada alta y, una vez concluida esta, nuevamente el pueblo caía en una indefinida somnolencia. Las noches que se agitaban a veces con los cuadros agudos de Alberto, el asma que aprisionaba su respiración, los silbidos que nos despertaban al filo de la medianoche, las costillas que se hundían en aquel cuerpo tan delgado, las fosas de las narices dilatándose en un afán por atrapar la mayor cantidad de aire. Las grandes ojeras de mamá preparando tés y sahumerios, los ojos angustiados de papá, mis correrías a esas horas de la noche en busca del doctor del pueblo o del boticario. La señora Remedios ayudando a mamá con las inhalaciones de Alberto, untando ungüentos varios en pecho y espalda. El señor Rafael, pendiente por lo que hiciera falta.

—¿Cómo se sienten las manos de la señora Remedios? —preguntó un día Sergio, y Alberto se quedó muy serio, cabizbajo y sin dar respuesta alguna.

—Estaba enfermo —dije yo, tratando de hacer sentir menos incómodo a Alberto— por la crisis.

Alberto sonrió muy apenas y, entonces, dijo: —Son muy suaves. —Y los tres sonreímos.

Una vez pasadas las crisis de asma, retomábamos nuestras visitas al mar; conforme crecíamos cada vez más me iba haciendo al modo de papá. A veces dejábamos a mamá con Sergio y Alberto, y la señora Remedios allí en la cabaña. Papá, yo y el señor Rafael íbamos de pueblo en pueblo en busca de futuras mercancías. A pocos kilómetros de nuestra cabaña, el mejor huerto de papas, allí se compraban las mejores para nuestro consumo. Tres años después de aquel fugaz encuentro con Remedios desnuda en la cabaña, todo se había ido en discretas miradas, juegos de familia, ayuda de ella en las crisis, entrega de mercancías que yo llevaba a su casa.

Sergio, a sus catorce años, inquieto como ninguno, había dado ya un par de buenos disgustos a mis padres, cosas de sus amigos, vagancias que poco le ayudaban. Alberto y su precaria salud, su delgadez que dejaba al aire los huesos de las clavículas y el tórax, y los brazos largos, largos. A mis diecinueve años, había embarnecido con las hechuras del trabajo y por las largas jornadas nadando en aquel nuestro mar.

—En un momento salgo, Antonio. —Escuché que dijo Remedios. Para esos momentos me hallaba ya en la sala de su casa, con una sarta de pescados en las manos. Miré hacia la recámara de la que me llegaba su voz y allí estaba ella, sorprendida. Salía del baño con una toalla envuelta a la cintura, la había atrapado justo poniéndose la blusa por encima de los hombros. Aquella visión renovada después de tres años, la piel tan blanca, los pechos turgentes, el abdomen tan plano, la cintura estrecha. Llegó hasta mí, tomó los pescados.

—Recién bañada —dijo, y sonrió. Yo me despedí enseguida.

—Los pescados los pude haber llevado yo —le dijo Alberto a mamá—, y pude haberle agradecido a la señora Remedios. —Ella había estado atendiéndolo junto con mamá, hacía unos días, en una de sus crisis.

—A tu hermano le quedaba al paso —respondió mamá.

Sergio dejó la taza de café a un lado y se dirigió a Alberto: —Si quieres ir esta tarde, te acompaño.

Tres semanas después de aquella mañana, el señor Rafael se dislocó la cadera, papá nos platicó que la caída, y en general el accidente, había sido muy duro. Todos acudimos a rendirle nuestros saludos y, desde luego, a ponernos a su consideración y servicio. Papá le ayudaría en todo aquel asunto de las compras y ventas, Alberto estaría permanentemente pendiente de la casa, por lo que se ofreciera. Sus ojos resplandecieron al escuchar esto. De Sergio algunas recomendaciones vagas, sus pensamientos se enfilaban ya a dejarlo todo, tal y como sucedió algunos meses después, llevándose a la ciudad todas las esperanzas de nuestros padres. Mi caso era diferente, yo estaba totalmente enfocado al trabajo con papá en las mañanas y me había convertido ya en el contable de la sociedad mercantil del pueblo.

Una mañana de sábado llegó Remedios a la casa, habló con mamá. Era ya invierno y la cabaña y el mar habían entrado en un largo receso.

—Antonio —dijo mamá, acompaña a Remedios a comprar papas.

La camioneta iba de brinco en brinco, salimos del pueblo con rumbo a los huertos, durante todo el trayecto el silencio entre nosotros. ¿De qué se habla con una mujer como Remedios? A veces señalaba un ave y me preguntaba por su nombre, un nombre que seguramente ella conocía mejor que yo. O algún árbol, o alguna flor de las que suelen aparecer entre las frías rocas. De vez en cuando una discreta mirada y una muy velada sonrisa.

El camino pasaba a unos seiscientos metros de la cabaña.

—¿Cómo estará ahora? —dijo la señora Remedios.

—Fría —respondí a bote pronto.

—Aún es temprano.

El sol de aquella mañana era brillante, pero frío. En el acantilado el viento amenazaba con cortar las mejillas. De un par de brincos me encaramé hasta una de mis rocas preferidas, mi atalaya. Remedios entrecruzó los brazos y corrió a resguardarse a la cabaña. La bombona junto al fogón, los leños secos. Hábil, encendí un buen fuego. A mis espaldas, la sentí ponerse de pie desde una de las bancas en las que se había sentado. Voltee a verla en medio de aquel silencio, había empezado a desprenderse de sus vestidos. El que había cambiado era yo, ella seguía tan hermosa como siempre.

—Ya me has visto desnuda —dijo entonces ella.

El amorío con Remedios se quedó en mi alma y en la suya como el mayor de los secretos. Durante la larga convalecencia del señor Rafael, nuestra cabaña fue nuestro refugio. Sergio vagaba de ciudad en ciudad, de vez en cuando llegaban hasta mi padre las noticias de sus andanzas. Metido en esto y en aquello. Alberto mejoró considerablemente de sus crisis, había una chispa maravillosamente plena en sus ojos cuando hablaba de Remedios. Como la ayudaba, las muestras de afecto de ella, en agradecimiento.

—Besó mis mejillas —me contó un día mi hermano. Luego me dijo que fue porque la ayudó en la larga y tediosa caminata de Rafael.

Una vez repuesto Rafael, y habiendo quedado rengueando por lo de la cadera, se me pedía en ocasiones acompañar a Remedios en algunas compras alejadas. Aquello era la locura, nos desviábamos a la cabaña, nos devorábamos en un afán de aprovechar aquellos momentos cada vez más distantes, cada vez más esporádicos.

Cuando cumplí los veinticuatro años decidí que aquel pueblo me quedaba chico, lo de haber sido contable me abrió nuevos horizontes. La gran ciudad distante a más de diez horas de camino. Los estudios y, sobre todo, la necesidad de alejarme de allí antes de terminar en la locura. Nunca volví a ver a mi hermano Sergio, jamás volvió a poner un pie en nuestro pueblo. Alberto, a pesar de sus crisis de asma, terminó administrando el negocio familiar con papá, hasta que se hicieron viejos, papá, mamá y él mismo. Yo volvía ocasionalmente de visita, recorría aquellos caminos que poco habían cambiado. Ocasionalmente, también, Remedios y yo nos permitimos alguna escapada furtiva, pero ya nada era lo mismo.

El tiempo que más estuve allí fue cuando murieron nuestros padres, uno detrás del otro con apenas un par de días de diferencia. Arreglamos todo aquel asunto de propiedades y demás para que Alberto siguiera al frente. Mis finanzas y mi propia familia despuntábamos boyantes. En esa ocasión fue la última vez que vi a Rafael y a Remedios, no les había pintado mal la vida. Sin hijos, habían decidido irse a refugiar en otros lares. Remedios era más o menos diez o doce años mayor que yo. Se conservaba, lo recuerdo bien, delgada y esbelta, el cabello canoso, pero bien arreglado, aquella mirada intensa de sus ojos verdes, la cintura estrecha y sus pequeños pechos, redondeados, disimulados en el escote de la blusa. Despidieron a mis padres y también se despidieron de nosotros. En algún momento oportuno y fugaz se sostuvo de mi brazo, caminamos discretos y me dijo con una sinceridad y una simpleza, como nunca antes lo había hecho:

—De alguna manera fuiste mi marido, y de algún modo fui también tu mujer.

Después se alejó, del brazo de Rafael.

II

—Aquello fue un sueño, Antonio —me dijo un día mi hermano Alberto, poco antes de morir, ya viejos los dos; él, muy enfermo, por supuesto, el cuerpo extremadamente delgado, un hueco en el pecho como quilla de barco, las costillas hundiéndose en un esfuerzo por llevar aire a los pulmones, los silbidos saliendo desde los bronquios. Las alas de las narices resoplando.

—Aquellos paseos por el mar y la cabaña, el acantilado, la presencia de Remedios, los pequeños vellitos en las piernas —dijo—. ¿Lo recuerdas, Antonio? Gamuza, dijiste un día, y yo dije terciopelo. —Intentó un suspiro—. Sergio diría que Remedios no tenía ningún olor especial. Pero ella olía a flores, a tomillo, a aceitunas, Antonio. Particularmente a flores en invierno ¿No crees?

—Mamá olía a pescados y a ovejas, a papas recién desenterradas —respondí—. Mamá olía a alacranes en alcohol, a sal de grano.

—¿Y Remedios, a qué olía hermano? —volvió a preguntarme Alberto.

Una tarde de lluvia y niebla en Madrid

> Lo importante no es mantenerse vivo
> sino mantenerse humano.
>
> George Orwell

—Ya no hay tierra para enterrar a tantos muertos. —Escuché decir al hombre desde una puerta entreabierta, dirigiéndose a alguien parado en la banqueta y a quien yo no podía ver. Abría la mañana y había lluvia en Madrid, la humedad hacía que el frío calara hasta los huesos. La cercanía de esos hombres hizo que me enconchara aún más. Tenía pánico a ser descubierto, a que sintieran mi presencia, a que olieran mi miedo. Había dejado la frágil seguridad de la casa y, entre los muros y escombros de la ciudad bombardeada apenas unos días atrás, me escabullí buscando comida, algunos panes, harina, chorizo, lo que fuera. El racionamiento y el hambre hacían estragos.

—Madrid se resquebraja —había dicho mi madre a papá, y con temor le confió—: Hay oídos y ojos por todos lados, el portero, Maruca, la del tendejón, incluso tu hermano si se le atraviesa.

Papá se encogió de hombros y exclamó: —No digas tonterías, coño, si lo sabré yo. —Y dio un portazo tras de sí.

A la distancia pude ver todavía sus anchas espaldas, el gesto adusto, el cigarrillo prendido de sus labios.

—Fue tu tío Manolo —me dijo mi madre al caer la tarde y saber que mi padre no vendría—. Fue ese hijo de puta el que acusó a tu padre, su propio hermano. —Lloró—. Le han llevado a una de las checas.

Y allí comenzó nuestro calvario. La peregrinación de una en una preguntando, con el temor de que también mi madre fuese retenida.

—Doce años —respondí a la pregunta que me hiciera el hombre de traje gris y un sombrero al que daba vueltas en la mano.

—Te ves mayor —dijo él y me miró a los ojos de una manera penetrante—. Sí, aquí está tu padre, le haremos algunas preguntas y nada, enseguida lo tendréis en casa. Hizo una mueca, enarcando las cejas.

De aquella promesa habían pasado ya dos semanas. La checa era la muy conocida de bellas artes. De allí lo sacaron alguna tarde y fue a parar al cementerio de Paracuellos, lo sacaron con otros tantos hasta ser cientos, muchos de ellos de la cárcel modelo, lo supimos muchos meses después, por lo de las listas, y por los dichos de los que lo conocieron.

—Le pegaron de tiros y seguro está con los otros en las fosas —dijo alguien a mi madre y la vi asomarse por casa con los ojos secos, porque ya lo había llorado demasiado.

A mi padre, que era profesor de escuela, lo levantaron porque solía reunirse con el sacerdote de la iglesia, y claro que sí lo hacía. Solían jugar a las cartas porque eran del mismo barrio, ya que eran amigos desde la infancia y desde que tenían conciencia, y solo por eso.

Dos o tres días después, llegó tío Manolo a la casa; no fingió nada, no pareció importarle que mi padre fuese su hermano.

—Tenéis que dejar la casa —dijo a mi madre—, me la quedo, aunque podéis sacar los cacharros que queráis. —El cigarrillo que se llevó a los labios lo sacó de una pitillera de plata, era cuadrada con un ribete negro que limitaba los bordes y se remataba con una cruz al centro, las iniciales estaban perfectamente escritas. Era la pitillera de mi padre.

Hace mucho frío. A la primera oportunidad logré salir de la trastienda y escapar con lo que pude bajo el cobijo de la niebla y la lluvia, mamá entreabrió la puerta al reconocerme, secó mis cabellos, y enseguida me ayudó a quitarme la ropa mojada y a envolverme con una frazada.

La hogaza de pan está algo dura, pero el sabor pasa.

—Muy bien, ¿qué pasa? —dice mi mamá y corta un buen trozo de chorizo que también conseguí traer—. Habrá que sacarlo esta noche. —Mi madre señala hacia una esquina de la sala. Es el tío Manolo que se halla cubierto por un gran cobertor y un montón de almohadas. La tarde de ayer y su llegada a la casa, el capricho de dejarnos en la calle, de quitarnos todo y no tan solo a papá. La pistola en la mano de mamá, la sorpresa, y un solo tiro bien puesto en la cara.

Jugueteo con la pitillera de papá, le doy vueltas y vueltas sobre la mesa, la hago girar sobre la palma de mi mano.

—Hay una fosa por el bombardeo a pocos pasos de aquí —digo a mi madre, mientras se acerca a mí. Me abraza, mesa mis cabellos, saca un cigarro de la pitillera y me ofrece uno.

Tengo doce años y, en el transcurso de tres semanas, he visto que secuestraron y asesinaron a mi padre, he robado comida, he sido cómplice de la muerte del tío Manolo y ahora, me dispongo a fumar el primer cigarrillo de mi vida.

Las calles de Madrid comienzan a cubrirse de nieve, a lo lejos algunos gritos aislados, el traqueteo de los tiros, el ruido de la metralla y después, la penumbra y el profundo silencio.

—¡Ahora! —dice mamá en un susurro, y cada uno coge fuertemente una de las piernas y poco a poco lo arrastramos hasta la fosa y, como Dios nos da a entender, lo cubrimos con tierra y lodo y nieve.

Noviembre de mil novecientos treinta y seis, Madrid.

El ataúd memorable

> Pavese dixit:
> "Vendrá la muerte
> Y tendrá tus ojos".
> Final mirada.
>
> Javier Aviña Coronado

Llegados los cuarenta y cuatro años, el frío y, sobre todo, la soledad hacía presa de nosotros. De los siete hermanos solamente quedábamos mi hermano y yo, ambos solteros, que no esperábamos sobrepasar los cincuenta años, tal había sido la suerte seguida primero por nuestros abuelos y padres, y después por nuestros primos y hermanos.

Lasho, mi hermano, dijo una tarde: —Habrá que ir buscando un ataúd decente. —Y salió a buscarlo. Llegó a la negociación considerada justa.

—Mi preocupación —dijo Lasho al señor Callaghan— es tener un cajón memorable cuando muera.

El señor Callaghan, dueño de la funeraria, dijo: —Setenta y dos dólares el primer año. Que sea un pago puntual de seis dólares por mes. Ambos sellaron el trato con una firma y un fuerte apretón de manos.

Al terminar el primer año y habiendo cumplido puntualmente los pagos, Lasho y yo fuimos invitados por el señor Callaghan. Allí, en una pequeña sala de exhibición, una caja de pino, desnuda totalmente de cualquier adorno. Un pequeño cartel con el nombre de mi hermano. ¡Apartado!

Lasho y el señor Callaghan renovaron contrato. Setenta y dos dólares a seis dólares por mes y de nuevo la puntualidad de mi hermano con los pagos y otra vez la invitación. El nombre de mi hermano en el cartel ahora en un ataúd de pino, abrillantado por un oscuro barniz, y dentro revestido por un paño negro de franela. De nuevo el trato, la nueva firma. Otros setenta y dos dólares, los doce pagos puntuales; al cabo del año, la visita, la sala con las cajas, el ataúd de caoba rojiza, Lasho y el cartel apartándolo. El Señor Callaghan, y de nueva cuenta la negociación. Setenta y dos dólares, la aceptación por parte de Lasho. Esta vez han pasado cuatro años, la puntualidad de mi hermano ha sido memorable, así también lo ha sido el empeño del dueño de la funeraria, ahora el ataúd de caoba tiene manerales y un rosetón grabado al centro, el cartel de apartado con el nombre de Lasho.

Lasho cumplió cincuenta años y no parece estar enfermo, mucho menos tiene pinta de que deba morir pronto. Un año más, dice el señor Callaghan y de nuevo los setenta y dos dólares, y Lasho puntualmente con seis dólares al mes.

El ataúd de caoba, amén del rosetón, tiene también un gran crucifijo de madera y un acolchado revestimiento de terciopelo negro, y el cartel de apartado con el nombre de mi hermano, Lasho, en letras doradas. Y Lasho tan lleno de vida.

—Este sí es un ataúd maravillosamente memorable. —Se le oía a Lasho repetir una y otra vez.

Las penurias de Lasho y su negada tentativa de hacer uso de aquel hermoso ataúd. La necesidad de un dinero que lo saque del apuro.

¡Señor Callaghan! —dijo mi hermano, teniéndome a mí como testigo. Y expuso sus razones.

Delante de mí el Señor Callaghan le entregó a Lasho setenta y dos dólares, su nombre fue quitado del ataúd de caoba rojiza con revestimiento de terciopelo negro y el rosetón y el crucifijo de madera y fue puesto en el de caoba que solamente tenía el rosetón. Hubo cierto dejo de tristeza en el semblante de Lasho, siempre tan lleno de vida.

Seis semanas después y de nuevo el embrollo de Lasho y otra vez con el señor Callaghan, setenta y dos dólares devueltos a las manos de Lasho. La tristeza y un poco de silente llanto cuando ve que su cartel ha sido puesto en el ataúd de pino abrillantado con el oscuro barniz.

La pena que invade a Lasho me lleva a pensar en un decaimiento del que difícilmente saldrá. Hay un profundo abatimiento en este hermano que parecía haber librado el estigma de la muerte a los cincuenta.

De vez en cuando levanta la cabeza y se sostiene fuerte en la vida. La necesidad imperiosa y una nueva visita al señor Callaghan, otros setenta y dos dólares, y ahora la pesadumbre de Lasho al ver su nombre en el humilde ataúd de pino. Y allí mismo y sin pensarlo dos veces:

¡Señor Callaghan! —exclamó Lasho y, sin mediar ni una sola palabra, estiró la mano, haciendo entender que necesitaba el resto del dinero.

—¡Setenta y dos! —contó el señor Callaghan, y enseguida rompió el contrato.

La mirada radiante de Lasho y sus ciento cuarenta y cuatro dólares le duraron seis semanas, justo cuatro días antes de su cumpleaños número cincuenta y uno.

¡Falleció solo! Yo y los pocos conocidos hicimos una colecta, el señor Callaghan, en un acto de misericordia, rescató para Lasho un ataúd reciclado.

—Pobre Lasho —dije pensando en mi hermano y su ansiedad por ser enterrado en un ataúd honorable.

—¿Uno de esos de segunda mano? —le dije al señor Callaghan.

—Uhm, bueno, pero, mire que madera tan buena. Dieciocho dólares y veinticinco centavos, —dijo el dueño de la funeraria y enseguida agregó—: Usted, Higgins, si no mal recuerdo, ya tiene cuarenta y cuatro años, deme veinte dólares más y se lo tomó a cuenta. —Y me enseñó el cartel que ya tenía escrito mi nombre.

La abuela Otilia y la comadrita Micaela

> Todos tenemos secretos:
> Los que guardamos
> y los que los demás nos ocultan

I

¡Que la niña Lau ha vuelto a casa!

Y clarito vimos cómo se abrieron sus verdes ojos, apagados de luz desde hacía cuarenta años. La abuela pidió, haciendo señas con las manos, que Lau se acercara. Tomó primero las manos, después acarició su cara. La estrechó enseguida contra su pecho, llenándola de besos en la cabeza, en la cara, en las manos.

Tu pelo huele igualito a cómo olía cuando yo te bañaba.

La abuela estaba sentada en la mecedora de alambrón y cuerdas, en el enorme patio de la casa. Rodeada de naranjos, mandarinas y carambolos. El graznido de tordos, madrugadores y perros en la lejanía. La algarabía de los vendedores recorriendo las calles y anunciando frutas, tortillas. El periódico, el sol de Altamira. El silbato del tren de carga alejándose. La mañana era fresca y ligeramente húmeda. Diciembre había sido siempre la mejor época para no tener que lidiar con los calores. Diciembre era también época de sacrificios. Pavos y marranos hacían turno. La cocina era la estrella de aquella casa. El calor emanando de hornillas y hornos. El bullicio de las mujeres. El paloteo de la masa para las galletas. Las almendras tostándose al comal. El aroma de sus aceites. La marinada de vinagre y aceite de olivo, hojas de laurel y tomillo. Pimienta y naranja cucha. El encendido colorido del achiote. La abuela y sus ojos apagados y la ronca voz en las arengas, ¡ordenando!

Comadrita, que le pongan más sal al adobo, diciéndole a la criada más vieja. Tan vieja como la misma abuela. Tan curtidas ambas, tan amigas, tan íntimas.

Que bañen el lomo con el adobo. Que le incrusten las almendras tostadas. Que remojen en agua con limón, rebanadas de manzana verde.

¡Comadrita! Que escojan bien las manzanas. Que estén maduras pero firmes.

Que rebanen también naranjas dulces, que las despepiten. Ya no son como las de antes, comadrita. A estas cabronas hay que decirles cada cosa para que lo hagan a nuestro gusto.

Y se perdía su mirada entre las ollas y los metates. Gordas y achaparradas, morenas de brillante piel, las risas estampadas en sus rostros, las costeñas hijas de la luna y el mar, reían ante los reclamos de la abuela.

Bien que nos quieres abuela, bien que nos quieres, decían en coro. Atreviéndose incluso a dar palmadas de cariño en sus hombros. Para entonces, la abuela se sentaba en su sempiterna silla de bejuco, en un rincón de la cocina, cogía con la mano izquierda el ancestral pote de peltre con el café supremo del día y con la derecha, el cigarro de tabaco liado en hojas de blanquísimo papel de arroz. A los ya de por sí enloquecidos aromas en la cocina, se sumaban ahora los del café recién hecho y por sobre todos ellos, los del tabaco. El silencio llegaba entonces cabalgando entre la memoria y el recuerdo, entre la pena perpetua y el dolor, entre suspiros y alguna lágrima. Callaban las criadas, y la comadrita elevaba la única plegaria permitida en aquellos trances.

Que Dios nos coja confesados.

El ritual había sido, por décadas, patrimonio exclusivo de la abuela. Las piernas mechadas, lomos de cerdo, galletas de maicena, pasteles de frutos secos, los consomés para el día siguiente. Las charolas con buñuelos, los jarros de barro negro con el ponche. Las cacerolas de butifarra, y los canastos de panes y quesos. Todo era comunitario bajo el estricto mando de la abuela. Lo del pavo era solamente de ella y todos los demás asistían sin chistar al espectáculo. Desde la cuidadosa alimentación del pavo, semanas previas. Esa mezcla inventada por la abuela. Nueces y frutos de temporada. Pistachos. Granos de maíz silvestre, trigo y cebada. Agua fresca desde un cántaro de bronce. La cuidadosa engorda con sorbos de leche y queso madurado en mecate. El ayuno, justo cuarenta horas antes de la muerte. Reloj en mano. Después del mundanal aquelarre en la cocina. Habiéndose agotado las tareas recomendadas. Los lomos y las piernas horneándose. Se hacía la pausa que aquel memorable momento merecía. Todo aquel mundo entre mujeres y mozas daba lugar a la triunfal faena de la abuela. Dos jóvenes criados arrimaban el perol con agua hirviendo, hasta los pies de ella. La única ayuda que le harían. Ella misma cogía el pavo por las alas, lo sopesaba, y sonreía al comprobar las buenas hechuras. Ataba las patas del pavo. Cruzaba entre sí las alas para evitar el aleteo. Tomaba la cuerda que colgaba de la rama del árbol. El mismo árbol, la misma rama y quizás también la misma cuerda de todos los años. En un santiamén el pavo colgaba, ya, cabeza abajo. La comadrita corría junto a la abuela y con destreza lavaba cabeza y cuello del ave. Enjuagaba con abundante agua para quitar residuos de la jabonadura. Con la mano izquierda, la abuela sostenía la cabeza del pavo, doblando enérgica el cuello. En la diestra, el filoso cuchillo que la abuela conservaba para el degüello, y que jamás nadie había tenido entre sus manos. Un cuchillo gastado por los años, el mango de palo de rosa. El afilado canto asentado por la propia abuela y capaz de cortar un cabello. El movimiento preciso de la abuela deslizando el cuchillo. Un solo tajo en el cuello del pavo. El corte nítido. El chisguete de sangre saliendo a presión. Manchando primero las manos de la abuela, el antebrazo derecho. Salpicando aquel avejentado rostro, el cuello. El pecho. La sangre del ave manchando su faldón blanco. Y sus piernas y sus botines. La sangre del ave derramándose en la tierra. La abuela permanecía quieta sosteniendo con la mano izquierda la cabeza del enorme pavo. Hasta que dejara de manar la más mínima gota de sangre. Hasta que el ave luciera inerte. Quieta también. La mano derecha con el cuchillo también quieto. La abuela, invariablemente, limpiaba la hoja del cuchillo en su propio vestido, lo guardaba en la funda de piel y volvía a ponerlo en su cinto.

¡Comadrita! Que lo desplumen con mucho cuidado, ordenaba luego a la comadre.

La abuela iba a sentarse a su vieja silla de bejuco que algún mozo había traído desde la cocina. Cogía con las manos ensangrentadas el cigarrillo recién liado. Encendía un cerillo y daba dos o tres aspiradas, llenándose los pulmones de humo. El reloj marcaba siempre las doce en punto. El mediodía. La hora santa. Las estaciones de radio hacían un corte de programa con el Ave María. La abuela era servida entonces con media jícara de mezcal de pechuga. Blanco y cristalino. Y tres rodajas de mandarina espolvoreadas con sal y chocolate amargo. Sorbía el primer trago y, justo antes de llevarse la mandarina a los labios, se dibujaba en aquel rostro la más espléndida de las risas. Frente a ella, también sentada y con su jícara de mezcal en mano, la comadrita levantaba el trago, saludando. Las mozas, con el mayor de los cuidados, desplumaban el pavo.

II

La historia de la abuela Otilia y la comadrita Micaela es una historia que se enreda y se desenreda en el tiempo. Que se nutre particularmente de la duda y del olvido. Impensable para unos y otros en aquella época, y menos aún en estos tiempos. Lau se enredó también en buscarse a sí misma en esa historia. Nieta única, hija también del único hijo de la abuela. Muertos él y su madre en oscuras circunstancias, igual que el marido de la abuela, su abuelo. La historia de Otilia, la abuela, y Micaela, la comadrita, se retorcía también en la niebla de la memoria, doliéndole al pueblo, a los santos, al mismo demonio.

¡Inmaculada y púber! Otilia, la niña virgen.

¡Que jamás nadie mancille tu cuerpo, que jamás nadie te posea!

Y Micaela dejaba caer en aquel cuerpo núbil jícaras de fresca agua del manantial, serenada con hojas de chanté y flores de cocoíte. Acariciaba su cuerpo, recorría amorosa los cabellos, besaba pezones y labios. Otilia, la joven, descansaba después su cabeza, en el pecho de Micaela.

Que pague con la sangre de su cuerpo y la de su estirpe, quien ose tocarme. Había respondido Otilia. Y con estas palabras sellaban un pacto de amantes. Lau volvía a sus raíces cuarenta años después de haber sido arrancada de aquellos brazos. Había vivido una vida de soledad y melancolía. En una ciudad ajena. Con un velo entre la verdad y la mentira. Conocía por fin el pueblo de Altamira, el barrio y la casona de la familia. Conocía también a la criada Micaela y a su abuela Otilia. Se reconocía en esencia con ella. La misma mirada de ojos verdes. Y la misma sonrisa. Arribó al pueblo a las siete de la mañana. Y se dejó abrazar y besar por la abuela. A las nueve y treinta y siete minutos de la noche, el festín sobre la mesa. Pierna y lomo en los extremos. Jarros de humeante ponche. Salsas de naranja y manzanas. Galletas y panes. Al centro el enorme pavo, con pasas y miel de abeja reducida con vino tinto, y espolvoreado con ajonjolí recién tostado. La charola con papas horneadas con gajos de cebolla y rodajas de hinojo. La servidumbre sentada a la mesa. Criadas y mozos tan pulcros en sus blancas vestimentas. El silencio y la espera por la abuela y por la comadrita.

Vino tinto con ralladura de nuez moscada, hojas de valeriana y la infusión de adormidera. La pizca de azúcar.

Había contado Micaela a Otilia cuando se quedó dormido el marido de esta. Y después con los años, cuando a insistencias y terquedades lo habían hecho con el hijo y con su esposa. El sopor primero y enseguida el sueño profundo. El cuchillo afilado e inquieto en la mano derecha de Otilia. El cuerpo del abuelo primero, y del hijo y la nuera años después, recostados, y las cabezas colgando al filo de la cama. La abuela sosteniendo firme la cabeza con la mano izquierda, girando el cuello. El tajo certero y nítido. El degüello.

Sangre eres de la estirpe. Sangre de mi memoria y mi recuerdo. Había dicho la abuela mientras descubría el cuello de su nieta.

La hosca seriedad en el rostro de Micaela.

En la mesada la algarabía de criados en torno al banquete, mordisqueando panes y galletas, sorbiendo ruidosos el ponche con licores. Deshuesando el pavo a dentelladas y pellizcos. El remojo del pan entre las salsas y las mieles. Aquelarre de ingentes. La abuela y la muesca de sonrisa en el rostro. La mano izquierda sosteniendo cabeza y cuello. La mano derecha firme en el cuchillo de filosa hoja y mango de palo de rosa. Sabe lo que sigue. Lo hizo recién esta mañana en su ritual insigne. El degüello del pavo. La hoja del cuchillo descansando ya en el lugar preciso. ¡Esperando! ¡Esperando! La mesa y los criados devorando todo. La noche del rey de reyes. La natividad. La noche de las luces sin tinieblas. La noche de cerrar círculos y de adorar estrellas. La noche del veinticuatro de diciembre.

Micaela sorbe su trago de mezcal y ríe. Habrá quien asegure que si no es por esta noche, jamás antes había reído. Otilia, la niña, la joven. Otilia, la mujer desposada. Otilia la viuda. Otilia la madre. Otilia la abuela.

Una vez asentado el cuchillo en el sitio preciso del cuello, basta tan solo un rápido movimiento de la muñeca. Sin ninguna prisa. Sin ningún titubeo. Sobre todo sin ningún remordimiento, había dicho la abuela Otilia a la comadrita Micaela, mientras bebía su jícara de mezcal y aspiraba con fruición el cigarrillo.

La nieta había pasado del sueño y el gozo de perfumado licor, al sueño y al gozo eterno.

¡Aleluya! ¡Aleluya!

En las calles del pueblo se entonaban ya villancicos navideños y se servía rompope, y se tronaban cohetes y cohetones.

La aguja de arria

Mientras le miro la cara, poco a poco voy teniéndole lástima en vez de miedo, y el gran coraje que me causaba, sin darme cuenta, se ha ido perdiendo. A pesar de que la imagen aquella, la de hace dos años, cuando apenas tenía los once, se quedó fija en mi memoria, y se repite ahora, aunque en vez de aquel coraje, siento una paz que me tranquiliza aquí dentro, ¡Y, por Dios, aquello no fue para menos!

Veníamos mi padre y yo apurados para llegar al mercado. Mi padre, cargando su tercio de leños. Yo, las gallinas y los huevos. Al llegar al camino real, justo dejando la vereda de casa, nos topó el engendro aquel, el Damián, el mismito demonio. Sin terciar palabra y sin ningún motivo, que le arrienda a mi padre un chingadazo en el cuerpo. Hasta allá rodó mi padre con todo y su tercio de leños, y ya en el suelo la patada que le sacó el aire. Por más intentos que hacía, nomás no podía levantarse. Solté las gallinas. Rompí los huevos. Hasta allá fui a parar del empellón que me dio. El Damián se sacó el cinto, y como si fuera su hijo se fue después contra mi viejo. ¡Duro y dale! ¡Duro y dale! Y yo nomas viendo. Hasta que se cansó el infame. Después, entre risa y risa se alejó, insultando.

Corrí donde mi padre. Intenté levantarlo metiendo mis manos por los sobacos, y entonces él me empujó y me dio un golpe con su brazo. Entendí en aquella mirada la rabia y la vergüenza de sus ojos, por eso después, acurrucados, cada uno ocultándose del otro, nos miramos de reojo sin tratar de explicarnos por qué ha pasado todo esto. Me ordenó recoger las gallinas y lo que quedaba de los huevos, ¿El tercio de leños? Se quedó regado por el suelo. De vuelta a casa, solamente vi el bulto blanco y encorvado que entre los matorrales iba subiendo. Por más que quise dormir no pude hacerlo. Por suerte, aquella noche fue de lluvia, y aquí en la choza el ruido de las gotas. Afuera, en el patio, el sonido del agua corriendo. Mi llanto fue quedo. La única huella al día siguiente fue la mordedura de mis labios, y las uñas encajadas en las palmas y en los dedos, y ese cabrón coraje, y esa impotencia, y ese pinche miedo que se me quedó grabado en el pellejo.

También a mi viejo lo oí llorar. Cuchicheaba a mi madre y, de pronto, algún sollozo que se le escapaba sin querer, o alguna maldición entre sollozo y sollozo.

Lo voy a madrear, decía. Y luego murmuraba muy despacito: Lo voy a chingar al cabrón.

Y mi madre también en un susurro: Solo Dios, viejo, solo él.

Y el llanto de nuevo.

¡Mi padre es un hombre bueno! No sé si lo olvidó, no lo pregunté nunca, por cierto. Ahora

bajamos al pueblo por un nuevo camino.

Es más vuelta, me dijo un día mi padre, pero está más parejo el terreno.

Por mi madre me enteré un día de que el coraje aquel del Damián fue porque había pensado que mi padre le estaba robando leña de su parcela. La verdad es que nadie lo quiere y muchos le tienen miedo. Que le roba la gallina a don Julián, que le mata el perrito al Domingo, que ya corrió a la Francisca porque de plano no quiere hacerle caso por malora. Yo cuando lo veo de plano le saco la vuelta, aunque las imágenes de aquella mañana me llenen de temor y coraje y mal recuerdo. Pero ahora allí, acostado como esta, con los ojos cerrados y sin resuello, lo miro, y por Dios que ya no le tengo miedo, y miro a mi papá que se acerca y veo que lo quiere tocar o pellizcar para saber si aquello es cierto y hasta me parece que lo veo sonreír. Pero no, el rostro de mi padre se mantiene serio.

En cuanto lo bajaron al pueblo corrió la voz, luego, luego. ¡Se murió el Damián! Lo hallaron con las piernas rotas, todito tieso. Que se desbarrancó con su caballo, que le pasó encima el animal, que diosito lo tenga en su santa gloria, que diosito le dio su escarmiento. Que no era tan malora, qué sé yo cuántas cosas más, y cuánto misterio.

Iba yo de vuelta a casa. Pardeaba la tarde. ¡Tanto rodeo!, me dije.

Entonces jalé por el camino viejo. En silencio. En mi morral, mis costales recién zurcidos, mi aguja de arria y el pumpo con mi agua. Los quejidos que llegan a mis oídos. Lejanos primero, y más cerca luego. El camino es resbaloso por el mal tiempo. Primero veo al caballo, allá abajo, patas pa'arriba. Mientras me acerco, parpadean los ojotes grandes y sacude la cabeza. Después con calma se recuesta y se queda quieto. Allí cerca el Damián. Me reconoce y me dice con pocas fuerzas.

–Gracias, hijo.

Yo me acurruco como a un metro de él. Una pierna toda desguanzada mira hacia adentro, la otra con una astilla de hueso que sale de la canilla y rompe la carne, y empapa de sangre la camisa y el suelo. La mano derecha pegada al cuerpo y la izquierda, la más buena, haciendo señas de que me acerque.

¡No queda nada de aquel engendro!, pienso para mis adentros.

No sé por qué, pero aquí en el monte siempre se acaba el día antes que en el pueblo, ha de ser la espesura de los árboles, la soledad, el silencio. La claridad poco a poco se pierde.

Saco entonces mi pumpo y con calma me tomo un trago de agua. Luego se lo acerco al Damián y ansioso bebe también.

Ya no le tengo miedo, le digo.

Vuelve a darme las gracias. Bebemos otro trago de agua.

Ahora nos estamos riendo.

Entonces, todavía con más calma, y ahora que la claridad todavía me lo permite, saco mi aguja de arria, y allí donde yo pienso que está el corazón, o más o menos, poco a poco se la voy hundiendo.

Así fue como pasó, lo demás, les digo, es puro misterio.

La noche de los sapos

I

Despertó a las doce y media del día con un insoportable dolor de cabeza y una espantosa dificultad para tolerar la luz que se filtraba por el ventanal. En la mesita un vaso hasta la mitad de jugo de tomate, al lado una cerveza oscura, y en un tazón algunos cubos de hielo. Allí, también, dos aspirinas. Al sentarse al borde de la cama percibió como si los objetos del cuarto dieran vueltas a su alrededor.

Tomó el vaso, puso dentro dos cubos de hielo y rellenó con la cerveza, agitó la mezcla con una pequeña cuchara. Llevó a su boca las dos aspirinas y bebió ávido el total del cóctel. Se dejó caer enseguida sobre los almohadones. Cerró los ojos, balbuceó, recriminándose. Dijo algo así como ¡puta madre!, o ¡chingada madre! Esta vez las cosas parecían haberse salido de control. Lo de la borrachera era lo de siempre, pero los actos no, esta vez no. Todo se había ido de las manos. Vagamente, parecía recordar insultos, gritos, amenazas, golpes. El tintineo de los cubos de hielo, los largos tragos de whisky; se llevó la mano al costado y sintió dolor.

Cerró los ojos con fuerza y al mismo tiempo apretó las sienes con los nudillos de los pulgares, hasta provocarse daño. En la lejanía de la noche previa entrevió el enojo de su mujer, los reclamos airados, los gestos y ademanes de reproche. Otra vez perdiendo la partida con el alcohol, otra vez la imperiosa necesidad de un trago más, otra vez la necedad de decir que tenía el control. Otra vez la vergüenza de presentarse al trabajo y hacer como si no hubiera pasado nada, otra vez dar la cara a los amigos, otra vez, otra vez.

Pero ahora no, pensó. Esta vez fue la esposa del director general, esta vez el alcohol enredado, en la mirada lasciva, en el deshonesto toqueteo, en el vergonzoso abrazo.

El cuarto del hotel, afuera el rumor del mar, el chillido de gaviotas en sordina taladrando. En su aturdida mente, de nuevo el glamur de la velada, la íntima boda de cercanos, la lengua que va enredándose con cada trago, con cada vaso. La terquedad de la plática, las voces cada vez más a lo alto:

—Como tengo más dudas que respuestas respecto a Dios...

—No metas a Dios en esto...

—Entonces metamos a tu vieja... Ja, ja, ja. —Las carcajadas y los brindis.

—Como no profeso activamente religión alguna...

—Entre borrachos, ni religión ni política... ni fútbol. Ja, ja, ja.

—Lo único que me queda es ser una buena persona. Ser como tu hermano, o mejor aún, ser tu padre. Porque así como yo te respeto, también te pido, ¡no!, no te pido, te exijo respeto.

Y ahora el dolor en el occipucio y un poco de náuseas, las arcadas, el temblor en el pulso. Volvió a sentarse en la cama, se puso de pie, caminó hasta el frigobar y, decidido, lo abrió. Allí, el vaso old fashion, las botellas pequeñas de whisky; tomó dos. Las vació en el vaso, aspiró con fruición. Los vapores del alcohol penetrando hasta los oscuros rincones del cerebro. Y ahora el vaso a los labios, el beso sutil al líquido de fuego, el desgarrador suspiro con el primer trago, y el segundo trago. Hasta no verte, Cristo.

El milagro del cese del temblor, de olvidar arcadas y náuseas, del alivio al dolor de cabeza, de la calma que vuelve a inundar su universo. Dos botellas pequeñas más al vaso y, ahora sí, con hielo. La risa, la necesidad de un baño, la alegría de vuelta a la vida. La afeitada y el aliño. Dos vasos más y bien servidos para estar como nuevo. Las gafas oscuras, el pantalón de lino, la camisa de flores, las sandalias y el paso seguro.

Allí los amigos, compañeros de trabajo, allí su jefe, el señor director; también de gafas oscuras; la esposa del director con el pareo abierto por delante, el traje de baño negro, la entrepierna, los muslos firmes. Allí, también, entre ellos, Alicia, su mujer.

—Te dejé jugo de tomate y una cerveza; ah, y dos aspirinas —le dice ella al oído, y sonríe.

—Voy a tomar un whisky para la resaca —dice él—, esta vez solo uno. —Le guiña el ojo mientras, de un gran sorbo, bebe el whisky, y enseguida llama al mesero y dice—: ¡Cameriere! Otro whisky.

La mujer del director se quita el pareo y camina con aquel bamboleo de caderas, se echa a la alberca; él, con los ojos cubiertos por las gafas, la sigue y la sigue y la sigue.

II

—Es un prolongado tobogán por el que me arrojo y voy deslizándome, y hay crestas por las que gozo y río, y hay hondonadas por las que pareciera precipitarme por un abismo.

El croar es incesante y perturbador por las noches. En el estanque de aguas turbias y enredados lirios, centenas o quizás miles de sapos y ranas me observaban, me siguen los pasos con ojos saltones y cuerpos babosos. Se apartan lentos o saltan inquietos. Alguno, sin miedo, se acerca y con la larga lengua roza mis pies y los besa. Me siento en el brocal del estanque, sumerjo los pies en el agua fría, siento cómo escapan los sapos, aplasto a uno que otro, sus cuerpos son gordos y de piel rasposa, las ancas con largos dedos y afiladas uñas. Se mecen los lirios con el viento; entre los lirios, los sapos nadan, patalean, se encaraman unos sobre otros, me observan curiosos, inflan sus cuellos hasta convertirse en monstruosas trompetas, exhalan y sus cuellos vibran, croan con ansia endemoniada, croan y croan y croan hasta que llega la náusea y, de nuevo, el temblor en mis manos y las arcadas y el vómito; croan hasta que las aplasto con el peso de mi cuerpo y, entonces, los sapos se asfixian y, por fin, callan. La sinfonía empieza de nuevo.

Es el estanque de los lirios y los sapos, lo que hace muchos años fuera el jardín de los abuelos.

Volví después de años de no hacerlo. "La encrucijada" es el nombre de la hacienda. Volví como el fantasma que vuelve en busca de su cuerpo, de su historia, de su alma. Volví porque la noche de mi vida se había vuelto insoportablemente vacía, y porque en ese tobogán el precipicio se hallaba más cerca que la salida.

III

La casa es enorme y cuadrada, rodeada de corredores. El ladrillo, la madera y la piedra se mezclan con las tejas.

Alrededor árboles frutales, naranjos, mangos. Los rosales de la madre y de la abuela y la bisabuela, las enredaderas y los inmensos arbustos de buganvilias. Los brillantes colores del estanque. Allí hay peces multicolores, plantas acuáticas, islotes de flores, las cristalinas aguas purificadas por la noria de piedra y tablones. Allí, en esa casona y en esos jardines y en ese estanque, se enreda la memoria.

Salazar era el apellido del bisabuelo y Salazar el de la bisabuela, ambos eran primos hermanos. Esas historias que se cuentan. Algunos hijos nonatos. La viveza del abuelo Salazar Salazar Eugenio. Las tropelías en la Encrucijada, la hacienda cañera de Morelos. El enredo de los Salazar con otros parientes cercanos. Esta vez, el abuelo Eugenio y la abuela Clementina y, ahora, mi padre, Salazar Salazar Eduardo; seis hijos con su mujer, también Salazar a medias, que fueron dejando la vida en un corto tiempo, todos ellos antes de cumplir los veinte años, y por allí mi madre, hija de una india mazateca cocinera de la casa grande. Mi madre, de nombre María, tan blanca y de ojos tan claros para ser hija de indios, también es cocinera de la casa.

El platón de verduras y carne de cerdo y nabos, particularmente nabos blancos. Don Eduardo, entrando a la enorme cocina, abrazado de la cintura de mi madre, la breve caricia que hace para mecer mis cabellos. Al atardecer, los juegos con los niños de la casa, con el tiempo sabría, mis medios hermanos.

De los abuelos solamente el gesto hosco, sobre todo de la abuela Clementina. Nunca un cariño, jamás una palabra. ¿De dónde sacaría los ojos María, y su piel tan blanca?, y el abuelo Eugenio tomaba su pipa y la rellenaba de tabaco y fumaba.

Mi madre nunca quiso dejar la cocina, ni cuando murieron los abuelos, ni cuando se fueron murieron mis hermanos hasta no quedar ni uno solo, ni cuando murió la esposa de mi padre y ni siquiera cuando murió mi padre y, de repente, quedé dueño de todo.

De allí, para mí, el camino fuera de la Encrucijada, y María, mi madre, sin haber dado jamás un paso fuera de la hacienda.

IV

Abrí los ojos y me encontré tirado en el suelo y en medio de mi vómito. La habitación está en penumbras. El punzante dolor de cabeza, el temblor en mis manos. El silencio de la madrugada. Me levanto tambaleante, me apoyo en la cama. Las sábanas por el suelo, las almohadas tiradas. Esta vez estoy solo. Como puedo camino hasta el cuarto de baño, abro el grifo, bebo agua, pegado a la llave. Mojo mi cara, empapo mis cabellos. Miro al espejo y veo mi reflejo. El hombre de rostro abotagado, los párpados hinchados, los ojos enrojecidos, apenas me reconozco. Vuelvo a beber agua y vuelvo a echarme agua en la cara y en la cabeza, y aún estoy allí, en ese espectro que se refleja en el espejo.

De mi mente, aún aturdida por los estragos del alcohol, emergen aislados chispazos de recuerdos. Allí la piscina, las risas, uno tras otro los vasos de whisky. Alicia —así se llama mi mujer— y sus miradas de reproche. El paso de la mujer del director entrando una y otra vez a la piscina.

—Deja de mirarla —dijo Alicia.

—Todos la miran.

—Ninguno la mira —repitió ella—. Al menos no como la miras tú.

—Por maricas —dije, y volví a beber el trago.

Ahora la somnolencia, el dolor de cabeza, el incesante temblor de mis manos. El concierto de risas al filo de la alberca. Me despojé de la ropa y me eché un clavado. ¡Qué alegría, qué desparpajo! La desinhibida historia que ha sido mi vida.

Y nado hasta donde se encuentra ella, Cristy, la esposa del director. Y nado hasta allí, porque no basta con mirarla, es el roce discreto de mis manos a su cintura, a sus piernas, la sutileza de hacerlo pasar espontáneo, como si fuera inconsciente, como si se diera sin querer hacerlo; desde la orilla, mi mujer y su gesto de enojo. La jeta por delante, sin entender que la vida tiene que ser así de prendida, que tiene que ser así y no de otra manera.

Despierto antes de que se cierren mis ojos, de nueva cuenta los chispazos en mi memoria. En la alberca los manotazos, mi risa estúpida. El toqueteo a Cristy. Los meseros yendo a uno y otro lado; los gritos de mi mujer, los insultos del director. Supongo que debió llegar la tormenta, supongo que debieron ocurrir cosas de las que no tengo conciencia, supongo que los golpes en mi cara, y en los brazos y piernas, fueron merecidas; supongo tantas cosas que pudieron haber sucedido. Después de allí, la calma de esta madrugada. La soledad en esta habitación.

Cierro los ojos. Vuelven las arcadas, la náusea, la resaca, ahora la siento en el alma.

V

—Oye cómo cantan los sapos —dijo mi madre.

—¡Croan! —la corregí.

Ella, sin levantar la vista del suelo, afirmó: —¡Cantan! Se viene muy bueno el aguacero.

Volví a la Encrucijada después de treinta años. Volví después de haber pasado por el calvario del encierro en una clínica para alcohólicos, después de haber perdido mi trabajo y todo lo que había logrado. Después de haberme quedado sin Alicia y sin mis hijos.

Volví al último lugar que pudiera imaginar querer volver. La casa grande, los jardines, los cañaverales en el abandono. Volví para saber cómo estaba María, mi madre, volví para saber lo que soy.

La cocina parece ser el único sitio habitable, cálido y limpio. Los nabos blancos, las verduras, la suave carne de cerdo. Mamá tiene casi noventa años y sus ojos siguen tan vivos como siempre.

Cayó la torrencial lluvia, el croar de los sapos no cesa.

—¿Sabías que la señora Clementina, tu abuela, mató a tu abuelo Eugenio? —dijo mi madre, de repente—. ¿Y que ordenó que lo tiraran al estanque para comida de los sapos? ¿Sabías que estuvo flotando en el estanque, pudriéndose, hasta que los sapos se lo comieron?

Y yo, incrédulo, en el asombro absoluto. Mudo.

—Don Eduardo y yo éramos hijos de tu abuelo Eugenio, éramos hermanos.

¡Qué silencio tan profundo entre nosotros, a pesar del estrépito del canto de los sapos! Qué abismo tan enredado en nuestras almas.

Los sapos se inquietan al caer la noche, caminan y saltan, croan, comen insectos, matan pequeños reptiles, atrapan moscas con sus largas lenguas, cantan cuando persiguen sapos más chicos, cuando pelean un territorio, cuando se trenzan en violentas luchas. Pero, sobre todo, croan orgullosos, inflando sus cuellos cuando se aparean, cuando roban la hembra a otro, cuando estando en el agua se montan en ellas, y la hembra se arquea y se queda quieta.

—La noche de los sapos —dijo mi madre—. Lo de tu abuelo Eugenio, lo de tu abuelo muerto, lo de tu abuela Clementina, lo de echarlo al estanque, lo de haberse podrido, lo de haber sido comido por los sapos, todo eso no fue cierto, pero hubiera sido bueno.

Respecto de las inconveniencias de escribir un diario (visión de un jubilado)

El día quince del mes pasado finalmente firmaron mi boleta de jubilación. Agarré una buena borrachera, para celebrar.

Al día siguiente, con la cruda, dijo mi mujer: —No era para menos. Ya te lo merecías, viejo.

Al paso de los días, me fui acomodando a mi nuevo estatus. Prolongaba mi estar en cama hasta las nueve de la mañana, veía tele hasta altas horas de la noche, platicaba con los vecinos, por las noches acompañaba a mi mujer al súper. Tres semanas me duró el gusto. De repente volví a abrir los ojos, puntual, a las cinco de la mañana, tal y como lo había hecho toda mi vida. Vueltas y vueltas daba yo dentro de casa. Para esas horas mi mujer ya se había ido a su trabajo. Después de cinco o seis días con tales angustias, me animé.

—Vieja, por más que quiero, no me hallo.

Era sábado, día de su descanso.

Mi mujer guardó prudente silencio y siguió tomando su café. No dijo nada.

Alrededor de las once de la mañana volvió a casa, le brillaban sus ojos. De entre las bolsas del mandado, sacó una gruesa libreta de pasta dura y, extendiéndomela, dijo: —Escribe tu diario. —Y además de la libreta me dio un par de relucientes bolígrafos.

Pensé en esos momentos que uno escribe un diario cuando está en la primaria, o en la secundaria, pero a estas alturas... Y me acordé de la vez que mi madre, para evitar tanto encierro en el baño, llegó también con libreta y pluma, y me dijo: —Mejor ocupa tu manita en otra cosa hijo, se te va a secar el cerebro, escribe un diario.

Nunca le hice caso; pero esta vez, a mi mujer, sí. Considerando las largas horas del día que pasaba en soledad.

Querido diario... Tachado

Amigo diario... Tachado

Día uno... Desperté a las cinco, acompañé a mi mujer con su café, después salí a caminar por los alrededores... Tachado

6 de agosto

He ido caminando poco a poco más alejado de la casa, hasta ahora sé por dónde viven las personas con las que me topaba todos los días rumbo a la chamba.

8 de agosto

Desayuné huevos revueltos, jugo de naranja, etc., etc.

11 de agosto

Hoy, y después de muchos años, en mis caminatas reconocí la casa de Otilia, aquella modista con la que se enemistó mi mujer por unos malos arreglos.

6 de septiembre

Siete de la mañana, el café con Gumaro; ya se arma la chorcha, el corredero de quienes van al trabajo.

8 de septiembre

Caminata, desayuno, encuentros, conocidos, etc., etc.

13 de octubre

Después del desayuno salí a dar una vuelta por la vecindad, saludé a dos o tres vecinos y platicamos. Andando en esas, pasó junto a nosotros la señora Otilia y su hija, la Güera. Una vez que se alejaron, murmuramos en coro: Qué guapa, la Güera.

Embarneció con el matrimonio, dijo uno.

Mejoró con el divorcio, dijo otro.

¿Divorciada?, pregunté.

18 de noviembre.

La señora Otilia y la Güera tienen muy bien armada su rutina, son muy puntuales para salir de casa y pasar entre los jardines, por donde casualmente, yo ando. Siempre tan amables. Saludan y enseguida corren para tomar su transporte. Yo sigo pensando que a la Güera los pantalones le sientan mejor que las faldas.

26 de noviembre.

Dejé muchos días sin escribir nada, vueltas daba mi cabeza. Ya no tan solo me hago presente por las mañanas para cruzar mi paso con la Güera, sino que también mis ansias me llevaron a buscarlas por las tardes. Tan gentil Otilia, tan coqueta la Güera. Pura risa son, madre e hija.

11 de diciembre

Ya de plano me ofrecí para acercarlas al metro. Otilia por supuesto que se las huele, pero ni modo. La Güera se sienta adelante. Ya trae más faldas que pantalones. Es un suplicio manejar así, con un ojo al gato y otro al garabato.

22 de diciembre

Mi mujer me preguntó que cómo va mi diario.

Va, le respondí con un dejo de desgano.

Qué chinga si lo lee, pensé entre mí. Justo hasta ese instante me cayó el pinche veinte.

7 de enero

Resultó su cumple de la Güera. ¡Puta! ¿Y ahora qué haré...? Tachado

23 de enero

A Otilia no se lo pude ocultar más. La Güera y yo nos hicimos amantes, le dije. El beneficio de la pensión ayudará en algo a sus condiciones. Mi mujer, todo el día fuera, trabajando.

14 de febrero

Esta mañana le comenté a mi mujer que había perdido la libreta que me regaló y, al decirle eso, agaché triste la cabeza.

Me dio tanta pena, le dije.

Y procedí a enseñarle lo que iba escribiendo, en una nueva.

Día uno de mi diario (14 de febrero)

En punto de las cinco de la mañana, mi gorda y yo nos despertamos, dejando luego, luego la cama. Mientras ella se bañaba, yo le preparé su café y su pan tostado con mermelada... Y mantequilla.

¡Qué lindo!, dijo ella. Escribes con mucha sencillez e inocencia. Poco a poco irás soltando la mano.

Si supiera que, la mano, la llevo soltando desde hace mucho con la Güera.

Por eso yo no bailo

A don Gabriel se le quemaban las castañas porque dieran las cuatro de la tarde. Se le había visto ansioso desde la mañana y, en la medida que se acercaba la hora, la ansiedad crecía. La hora de la comida, tan sagrada para él, pasó sin pena ni gloria. Medianamente, comió cualquier cosa.

Al veinte para las cuatro entró decidido a su cuarto. Allí sobre la cama, y perfectamente arreglado, el traje de charro.

Era el traje de faena, pantalón de rayas currito de las piernas, camisa blanca, la faja y el muy indispensable moño tricolor. El sombrero de charro colgado en la silla. Don Gabriel fue muy cuidadoso en el asunto de vestirse. Aquello no era para tomarse a la ligera. Al final se calzó unos muy bien lustrados botines. Cuando salió de su casa y, del brazo de él, su mujer, en pleno centro de Corregidora, Querétaro, la gente al paso volteaba a verlos. Caminaron un par de cuadras hasta la plaza central, junto a la iglesia de San Francisco Galileo. Ya sonaban los acordes de la música. Nervioso esperó impaciente. El anunciador y el turno de las parejas. El jarabe tapatío había dicho. El grupo de la tercera edad, polos opuestos, insignia del DIF municipal, y allí fue donde ya no le pareció a don Gabriel. Subieron al estrado las otras dos parejas, acomodándose según la coreografía ensayada tres o cuatro semanas antes. Don Gabriel, pasmado como si le hubieran clavado los pies al piso. Como algo muy lejano le parecía oír la voz de su mujer llamándolo. Los acordes del son. El zapateo en la tarima. Los aplausos y uno que otro grito animando a los viejos danzantes. Bajó su mujer del estrado con una desencajada sonrisa en su rostro. Se despidió del resto, mientras repasaba en su cabeza el glorioso remate del jarabe tapatío, cuando el charro se quita el sombrero y lo deja en el piso para que la pareja lo tome y coqueta se lo ponga; después el giro, el charro, rodilla hincada, y la mujer con su pie sobre el muslo de su hombre, remate que a ella, por falta del hombre, se le había negado.

Don Gabriel hizo el intento de tomarla del brazo, desistió de inmediato al sentir la hosca mirada de ella sobre él. Caminaron de vuelta a casa en el más profundo de los silencios.

Maruquita, dijo don Gabriel, sentí el más terrible de los miedos una vez haber llegado a la plaza, y pensar en subir al estrado y bailar ante todas esas miradas.

Su mujer le echó una ojeada de arriba para abajo, se mordió los labios del puro coraje.

Gabriel, dijo ella, dime dónde te firmo el divorcio.

Y así fue como terminó aquel matrimonio después de cuarenta y tres años, tres meses y dieciséis días de haberse dicho "sí, acepto", y aquello de "en la pobreza y en la riqueza, en la salud y en la enfermedad".

¡Por eso yo no bailo!, gritó don Melquíades Salazar Hernández, después de haber contado aquello.

Cena familiar de Navidad

Los tiempos van cambiando y con ellos las costumbres. Así, pues, para la cena familiar de Navidad recibimos formal invitación por parte de la tía Pepa, hermana menor de mi padre. La tarjeta específicamente mencionaba la hora de recepción, nueve y treinta de la noche, y que, también, la cena sería servida a las once y veinte. Y se describía el menú de cinco tiempos.

Primer tiempo, entrantes calientes, a escoger: gambas al ajillo o almejas a la marinera

Segundo tiempo, crema de calabacín orgánico con pistachos.

Tercer tiempo, arroz con bogavante y salsa de almendras.

Cuarto tiempo, plato fuerte, a escoger: paletilla de cordero al horno, con patatas panaderas o lenguado meunière dorado, al horno, con patatas.

Quinto tiempo, postre, a escoger: tarta de turrón espolvoreado con semillas de chía o panettone casero.

Se servirá vino de ocasión para maridaje, según tiempo de menú.

—¿Dónde chingadamente se ha visto tanta deferencia en una cena de familia? —le dije a mi mujer, mientras a regañadientes me ponía el traje gris que tanto odio. La tía Pepa, en corto, nos había pedido ir de traje oscuro a los parientes varones y, de preferencia, así lo dijo, las mujeres de vestido negro.

—¿Y quiénes vamos? —abrí mi bocota, preguntando.

—Tus hermanos, los hijos del tío Manuel, los de la tía Mary y los de la tía Diana. De los demás ninguno.

Seguro por jodidos y desmadrosos, pensé entre mí.

¡Llegamos con la puntualidad de un inglés!

Y justo a las nueve y veintinueve minutos, levanté mi puño y suavemente con los nudillos de los dedos, índice y medio, toqué la puerta.

Personalmente, salió a recibirnos la tía Pepa. Saludó primero a mi papá, su hermano, y así se siguió con mi madre y mis hermanos. Nos habíamos puesto de acuerdo para llegar juntos.

Enseguida, la seriedad de la tía señalando la sala.

—Manuel y su familia están aquí desde las siete y media —les dijo a mis padres—. Que no leyeron la invitación.

En cuanto entramos, la sonrisa de tío Manuel.

—Ya no aguanto las nalgas, hermano, de tanto estar sentado, y la cabeza, con esa música pendeja —le dijo a mi papá, pero a modo de que escucháramos todos.

—Es música clásica —respondió papá.

—Pero, ¿dónde quedaron aquellos sonidos de Chico Che, la Santanera, Mike Laure...?

Algarabía a medio pelo, en lo que nos fuimos saludando.

Conociendo a la tía Pepa, a las nueve con treinta y siete minutos estábamos ya todos los invitados. Toda la familia. Bueno, excepto las familias que no fueron requeridas.

Nos ofreció primero agua fresca y, no les miento, una pequeña copa de vino blanco dulce. Después, de nuevo, agua fresca. Allí fue que uno de los primos de plano preguntó:

—¿Puede ser una cuba, tía?

Y allí también fue la primera vez que a la tía Pepa por poco se le caen los calzones.

—Podemos ofrecer un güisqui o una ginebra —dijo la tía, sin dar respuesta a lo de la cuba.

Y de nuevo otra prima:

—Para mí está bien güisqui con coca de dieta. —Segunda vez de la tía y caída de calzones.

A las diez y quince minutos llegó la prima Violeta, hija de tía Pepa, y su galán, motivo de toda esta parafernalia de cena familiar Navideña.

Uno por uno, presentándonos:

—El tío Antonio —refiriéndose a mi papá— hermano mayor de mamá —decía Violeta. Y enseguida: — El señor licenciado y diputado federal de la república por el estado libre y soberano de Puebla, Virgilio Eugenio Estrada Quintana. —Y, casi en un susurro, agregaba—: mi novio.

Cuando terminó de presentar al novio ya casi era hora de la cena.

Virgilio Eugenio, el novio, era un viejo que, seguro, rondaba los setenta, olía a loción fuerte, Brut o algo así, tenía la mirada medio perdida y, a leguas, el buqué de varios tragos dentro.

—¿Esto es el novio? —me dijo mi mujer. Muy discreta.

—Así se le dice ahora —respondí.

Todos los que estábamos allí, seguramente con las mismas dos preguntas: ¿Qué sigue ahora y, qué chingados hago aquí?

Para la cena, Violeta había relevado a tía Pepa en el papel de anfitriona. y lo primero que ordenó fue la manera en que seríamos sentados a la mesa.

Tío Antonio, allí; tío Manuel, allá; tía Mary, acullá, y así con cada uno de nosotros. Cuando por fin estuvimos todos sentados a la mesa, eran ya las once de la noche y veinte minutos, tal y como decía en la invitación que sería la hora de servir la cena.

—Señor licenciado, usted a la cabeza de la mesa —dijo la prima. Y de inmediato corrigió—: Perdón, tú aquí, mi amor, y yo a tu lado.

Y ante tal situación todos reímos con soltura. De hecho, ese momento fue el único en el que todos reímos con soltura.

La tía Diana propuso un brindis.

—Antonio —le dijo la tía a mi papá—, te toca el brindis, como mayor en la mesa. Por la familia, hermano.

Al final, el brindis lo ofreció el señor licenciado y diputado federal de la república por el estado libre y soberano de Puebla, Virgilio Eugenio Estrada Quintana, porque, en una pequeña ecuación de sumas y restas, resultó mayor que mi padre. El angelito tenía la friolera de setenta y seis años. Y seguramente todos hicimos cuentas mentales, porque a cuál más apuró un trago de agua. Mi mujer, sentada justo al extremo opuesto mío, y esta vez indiscreta, abrió desmesuradamente los ojos.

El brindis fue una larga perorata sobre la familia, los valores, la tradición, el cristianismo, y aquí, el primo Virgilio aprovechó también y enlazó una breve introducción a la nueva república y a las bondades de ella.

Levantó su copa y antes de que a alguno de nosotros se le ocurriera algún aplauso, se escuchó la voz de mi padre.

—¡Salud!

Y salud, dijimos todos.

Lo de la cena fue memorable.

Para empezar, ya teníamos un mesero.

—De primer tiempo, ¿gambas al ajillo o almejas a la marinera?

Y por allí el murmullo, ¿gambas? Ah, camarones. Sí, camarones.

Almejas.

Almejas.

Camarones.

El primer plato, y aunque estaba en plural, resultó ser un camarón o una almeja, nada más.

El segundo plato fue la crema de calabacín y enseguida el arroz con bogavante. Al menos en mi plato de arroz, el bogavante puso pies en polvorosa. Nunca lo vi.

Los calzones de la tía Pepa volvieron a verse amenazados, de nueva cuenta, con el plato fuerte.

Todos nos íbamos inclinando por la paletilla de cordero. Bien fuera porque no teníamos una idea clara del sabor, o porque no pudiéramos pronunciar lo impronunciable, el lenguado meunière fue quedándose relegado.

Lo del postre lo tuvimos también enredado, y entre la tarta de turrón espolvoreado con semillas de chía o panettone casero, todos nos fuimos por el dulce que tenía chía y a cuál más pidió, dulce de chía.

La cena familiar de Navidad duró, quitando el brindis, treinta y ocho minutos y dieciséis segundos, según yo. Y treinta y siete minutos y cuarenta segundos, según Lau, mi mujer. Tampoco quiero ser tan preciso.

Enseguida todos pasamos a despedirnos. El señor licenciado y diputado federal de la República por el estado libre y soberano de Puebla, Virgilio Eugenio Estrada Quintana, el único que, durante la cena, se reventó cinco cubas al hilo, según yo, y siete según mi mujer (Yo sigo alegando que no consideré las que se tomó al llegar) terminó bien pedo, embrocado sobre la mesa.

—Está tan cansadito, el pobre —justificó tía Pepa—. Toda la responsabilidad que carga sobre los hombros.

A las doce con siete minutos nos hallábamos todos en la calle.

—Yo tengo hambre —dijo el tío Manuel, y de inmediato todos al unísono, haciendo segunda—: Una opción son los tacos de doña Rosa, nunca cierra; la otra, caerle al tío Jesús, uno de los no requeridos.

Cabeza de res, horneada. Tamales colados, pavo relleno, tragos, cervezas, ponche con ron o tequila, cubas como dios manda y mistela de curtidos como el niño dios recomienda.

—Chingona música, hermano —dice tío Manuel a tío Jesús, mientras se contonea con su mujer al mismo tiempo que cantan— ¿de quen chon, esos ojos que miran bonito...?

—Ah, que tu tía Pepa y tu prima Violeta —me dice el tío Jesús—, así que ese cabrón es el novio. Ni la burla perdonan, solamente se la anda comiendo.

Y Lau con los ojos que casi se le chispan y sus precisiones:

—Por eso no lo invitaron, por pelado. Clarito oí que tu tío dijo que se la anda comiendo.

—No mujer, ¿cómo crees?, lo que tío Jesús dijo es que al licenciado y diputado federal de la república por el estado libre y soberano de Puebla, Virgilio Eugenio Estrada Quintana, lo dejamos en casa de Violeta y la tía Pepa, comiendo.

Corazón de zorro viejo

Mi corazón llegando a viejo. Las luces mortecinas de las calles, Ciudad de México. El taconeo de mis pasos. La alegría de mi corazón a la otra orilla de la ribera. Arropado en esa nube de nostalgia y melancolía, ¡viva aún!, más no penosa. Volver la vista atrás y hallarme con esa mirada que seguía mi camino palmo a palmo. Unas veces a mi lado, otras delante de mí. Esa sonrisa que se quedó eternamente junto a mi regazo, acurrucada en mi pecho, contándome alegrías y pesares.

¡De tu pérdida, de tu tristeza! Pero sobre todo, y más que todo, contándome sueños, esperanzas, sutilezas de tu andar.

Mi corazón llegando a viejo, palpitar de nubes borrascosas que llegaron a su fin, en un segundo del último verano. Niña buena que te enredaste a mi cintura, en una ilusión sin tu saberlo, en un desencanto sin tu quererlo; mirada de angelical sonrisa, verborrea de viejo lobo de mar, de viejo zorro de afilados colmillos y endurecidas garras. Niña que ahora habitas en la oscura habitación de los desvelos, en la oscura habitación de los olvidos. ¡Callada! Sin asomar siquiera un gesto que delate el más mínimo detalle de tus sueños.

¡Abrazarte vida, vida mía!, después de amalgamar la experiencia de los años.

Cada canto cantado, cada poema y cada relato, escrito o solo vivo en la imaginación. Surcar los mares, vivir a prisas, como lo he vivido en cada instante de mi respirar el mundo. Cada segundo, cada minuto. Hundirme en la profundidad de los deseos, hasta la ignominia, sin escrúpulos, sin pena ni gloria, sin remordimiento alguno. Cabalgar a grupa de hembra, propia y ajena, mirada de tristeza justo al final de la faena. La reconciliación de una copa de vino, de una lectura eterna, de una canción al oído, de un poema exprofeso. La reconciliación justa y al punto del primer café de la mañana, y tú, desnuda aún sobre mi cama.

Mi corazón llegando a viejo, harto ya de bregar. La claridad en mi alma, Laura y aura de mi despertar. La locura de haber surcado el mundo, corriendo el tiempo a la par, locura de las locuras, tu sonrisa, aleteo de tus manos, tu figura menuda, corriendo entre mi alma y mi corazón, entre mi silencio y mis ansias de permanecer callado. La risa explosiva que llena mis sentidos de tu presencia. El largo camino andado. Locura de verme en tus ojos cada mañana y cada tarde de cada día. De saberme en el parpadeo de tus sueños, en la alegría y en el enojo de tu despertar a una realidad que a veces parece sombría, resabios de una noche perdida. La luminosa felicidad en tus ojos, la mañana desierta y callada de un domingo cualquiera, de bebernos un expreso, yo, y una taza de americano, tú; después de darle al día los buenos días. Amantes eternos de sábados y domingos, tempraneros.

Mi corazón llegando a viejo y la claridad de volverlo a repasar todo, dentro.

¡Memoria capaz de hacerme vivir! Memoria incapaz de dejar que muera yo.

El ir y venir enrolado en promesas y suspiros. La vida que me ha dado para enredarme y desenredarme. De patear las puertas y salir corriendo de puntillas. El grito atrapado en la garganta y la alegría de haberme sabido hacer el muerto. El vaso de tequila derramado entre tus piernas y el sabor agridulce de tus besos. El lloroso parpadeo de tus ojos. La caricia furtiva, el desencanto.

¡Pasión enlutada en un abrazo!

Mi corazón llegando a viejo, la suerte de vivir en un volado. Apilados los sueños, las nostalgias, la fortuna de derramarlos en un verso, en un relato; corazón de no saber más, ni de penas ni de agravios. De recoger ahora los frutos cultivados. Frutos que yo robé, frutos que me robaron. La alegría al final de la cuesta estampada en mi cara, erguida las espaldas, las manos con más callos en los dedos, que mugre bajo las uñas. Las piernas firmes de la andadura.

Mi corazón llegando a viejo.

Haberla librado, con las plumas revolcadas, pero íntegras. Con el sabor amargo, pero lleno de gusto, de un expreso, ¡solo!

Mi corazón llegando a viejo. Las luces mortecinas de las calles, Ciudad de México.

¡Corazón de zorro viejo!

El olvido, y las puertas y ventanas de la conciencia

De la memoria de doña Carlotita, mi madre.

"Entre la memoria y el olvido, el hombre escoge el olvido, y se da a la tarea de cerrar de vez en cuando las puertas y ventanas de la conciencia, un poco de silencio, un poco de tabula rasa (tabla rasa) de la conciencia, a fin de que de nuevo haya sitio para lo nuevo y sobre todo para las funciones más nobles, este es el beneficio de la activa capacidad de olvido, una guardiana de la puerta, una mantenedora del orden anímico, de la tranquilidad, de la etiqueta; con lo cual resulta visible enseguida que sin capacidad de olvido no puede haber ninguna felicidad, ninguna jovialidad, ninguna esperanza, ningún orgullo, ningún presente. Criar un animal que se debate entre la memoria y el olvido, y que gira hacia el olvido, es criar un animal al que le sea lícito hacer promesas".

Nietzsche. Segundo tratado. Culpa, mala conciencia y similares. Genealogía de la moral.

La contraparte a la memoria, el olvido.

Mi madre nos ha platicado, desde la coquetería de sus pequeños ojos y desde la picardía de su risa, las andanzas por las frías tierras de Tenejapa, Chiapas. Su infancia casi siempre se ha visto reflejada en su memoria por eventos tragicómicos. Amén de algunos francamente trágicos que fueron, sin duda alguna, cubiertos por la magnificencia del olvido. Si, por un lado, los recuerdos buenos brotan cual fuente de aguas cristalinas a manos llenas, aquellos malos se han perdido en esa laguna inmensa que es la no memoria. Mi madre recuerda siempre, con un innegable dejo de alegría, las travesuras con la tía Blanquita. Recorrer la plaza del pequeño pueblo, hablando de los años cuarenta, comer los dulces tradicionales y la algarabía en las fiestas populares. La mezcla pagano-religiosa de las celebraciones en la iglesia. La impensable convivencia entre ladinos e indios. "Estaban para servirnos y servían. Tratarlos bien o mal era tan solo tema de la conciencia de cada uno. Tenejapa al caer las tardes, melancolía encajonada entre montañas, la tierra a flor de piso. ¡Por allí!, aisladas banquetas. Tiendas y tendejones para joder a los indios, para enriquecerse a costa de ellos. Para comprar sus cosechas, y embrutecerlos con aguardiente de caña, trago de los demonios, trago de alambiques prohibidos. Mamá y la tía Blanquita recorriendo las solitarias callejuelas, molestando a la vecina tocando sus puertas y, a un solo grito, emprender la huida, salir corriendo a refugiarse entre las enaguas y los faldones de la abuela. Corretear gallinas y encaramarse al lomo de las enormes puercas. El abuelo y su negocio de hacer jabones de lejía. El abuelo y su presencia gallarda, y su sombrero, y su entonada voz, y su mirada al futuro. El abuelo y mi madre que se quedó un día sin su presencia. Y la tristeza reflejada ahora en estos pequeños y vivaces ojos que parecen agrandarse con cada gesto de su cara, y con cada nota que sale de su voz bien modulada de cantante lírica.

Viajar a San Cristóbal representaba siempre una odisea, recuerda mi madre. Una larga jornada de camino entre barrancas y bosques de frondosas cubiertas. ¡Lodo y lodazales! La carga en las bestias, las sillas y andaderas para que los indios a mecapal subieran la pendiente con los niños pequeños a cuestas ¡En volandas! Los adultos con pisada firme sorteando charcas. La niebla de los bosques, la humedad y la pertinaz llovizna. El alto en algún claro del camino, la cesta de la comida, puchitos de frijol con huevo, tasajo y cecina preparados por el abuelo, frutos del huerto, verduras cocinadas, huevo duro. Pozol en jícaras para los indios. San Cristóbal de las Casas era el mundo de los sueños, era la gran ciudad sin angustias, o por lo menos con angustias distintas. San Cristóbal era los dulces y el pan frescos, recién hechos. Y eran las grandes Iglesias y las peregrinaciones en familia. Y eran los tíos y primos alrededor del Justo Juez o de Santo Domingo. Y era la locura del día de plaza en los mercados, el regateo de los productos de los indios, hasta casi conseguirlos regalados. Y era particularmente en estos casos el orgullo de las victorias de las amas de casa y de los caballeros coletos para surtir y resurtir sus tiendas, para volver a vender los mismos productos semi transformados a los indios, pero a precios mucho más altos y sin regateo alguno. Nos vendían la cera de abejas silvestres y les devolvíamos las velas. Parafina, cera de abejas, pabilos y rueda. El calor derritiendo la cera y la parafina, los pabilos pendiendo de la enorme rueda, el baño cuidadoso y sutil para ir engordando el hilo hasta volverse vela. La abuela Cuca y su enérgica presencia en el recuerdo de mi madre, la primera nieta. La comunicación silenciosa entre ellas. Esa mirada inquieta y a la vez profunda y tranquila. El trago en un pequeño vaso de veladoras sostenido entre sus dedos pulgar, anular y meñique, y el cigarro entre el índice y el dedo medio. Alas azules o alas extra. Al rememorar todo esto y contarlo, mi madre suspira profundamente, como si estuviese aspirando, desde la lejanía y el pasado, las volutas de humo que se desprendían de aquellas tardes, de aquellas soledades, de aquellos cigarros.

El problema de la memoria y el olvido puede ser inferido a partir de las reflexiones sobre los diferentes modos de apropiarse del pasado.

"Para que algo permanezca en la memoria se lo graba a fuego; solo lo que no cesa de doler permanece en la memoria". Nietzsche.

Pero el olvido, y me quedo con esto, es el guardián favorito de las puertas y ventanas de la conciencia. Sin el olvido activo, mi madre seguiría llorando a sus muertos, y en vez de contarnos anécdotas y juegos, presencias y ausencias gratas o no tanto, estaría envuelta en el mundo trágico de su camino. Tiempos infaustos y dolidos. De once hermanos que fueron, tan solo vivieron tres, los otros ocho fueron cerrando sus ojos al mismo tiempo que a mi madre le fueron cerrando puertas y ventanas de su conciencia. ¡Ríe y llora al mismo tiempo!, se asombran mi hija y mi mujer. Canta y cuenta historias que, a la lejanía, parecen chuscas, pero que le cambiaron vida y destino en su momento. Se asombra de minucias y lo celebra todo. Arropa por igual a los hijos, a los nietos y bisnietos. Atiende al hombre con el que decidió compartir la vida desde hace sesenta y tres años; planta y riega sus flores, sus verduras y sus hierbas. Camina siempre con la prisa de quien estuviera huyendo de algo. Canturrea y reza en murmullos. Dormita en pequeños tiempos durante el día, y es como si con esa breve pausa cargara de nuevo de energía sus pilas. Nietzsche dice que sin la capacidad de olvido no puede haber ninguna felicidad, ninguna jovialidad, ninguna esperanza, ningún orgullo, ningún presente.

Durante la noche del domingo veintisiete de septiembre del dos mil quince y parte de la madrugada del día veintiocho, en México, como en muchas partes del mundo, el cielo nocturno se vio invadido por una espectacular luna roja ¡Luna de sangre! Mi madre rondaba los ochenta años, tengo que decirlo a pesar de que insista que digamos que ronda los sesenta y cinco. Permaneció en vela, atenta al espectáculo. Desde las ventanas de la casa y en la soledad más espléndida, a la maravillosa soledad de estar acompañado de uno mismo, siguió paso a paso el encanto del paseo de la luna por nuestro cielo. El asombro y la alegría de haberlo presenciado. ¡Jamás me podía perder lo de la luna de sangre!, exclamaba mi madre al día siguiente, cuando me platicaba de su desvelo. Era la manera de decirme y de mostrarme su felicidad por continuar su sino, por dar cara buena a la memoria de las cosas gratas; las buenas, diría Nietzsche. Y era también, de algún modo, la manera de echarle un cerrojo más a las puertas de la conciencia, olvidando recuerdos no gratos. ¡Los malos recuerdos!, diría también el filósofo alemán de los grandes bigotes.

La memoria y el ladrón de recuerdos

«Todo lo que hemos olvidado grita
en nuestros sueños pidiendo ayuda.»
Elías Canetti

—Una mañana lluviosa y fría de 1974 volvíamos de San Antonio, el rancho del abuelo Gil, en Yajalón, Chiapas. Empapados hasta los huesos, cayendo y resbalando por el terreno lodoso, traíamos por los hombros al primo Pablo, fracturado del dedo del pie. ¿Lo recuerdas? Éramos unos chicos tremendos.

—Pero tú no ibas con nosotros.

Por supuesto que sí, habíamos ido a pasar el fin de semana al rancho, y comimos huevos estrellados, avena y café de olla que nos hizo la abuela, y pan, desde luego. Pan que ayudamos a amasar.

—Sí, de todo eso más o menos me acuerdo. El primo Pablo, que en paz descanse, y los abuelos. Había naranja y caña, y ayudamos al abuelo a guardar el café en el beneficio. Y montamos caballos.

—Pero tú no ibas con nosotros. ¡Casi estoy seguro de que no! Mis tíos nunca dejaban que anduvieses con nosotros...

Son los recuerdos los que van construyendo nuestro camino. Es tarde ya, el crepúsculo de una vida. Miro hacia atrás de reojo y detengo mis pasos. Suspiro y dejo que la corriente de los sueños me vaya envolviendo. Hago recuento del camino.

Elías Canetti, La lengua absuelta, la novela de su vida contada paso a paso a través de los recuerdos. El enredo con la lengua, recordando que Canetti es un extraño personaje que nació en Bulgaria y olvidó el idioma búlgaro. Que provenía de la estirpe judía sefardí que tuvo que marchar de España y que, a pesar de la afrenta, recordaba perfecto el idioma español. Elías Canetti, el hombre menudo de estatura que escribió sus obras cumbres en alemán. Nacionalizado británico, siendo reconocido con el premio Nobel de Literatura en 1981. La lengua absuelta, la extraña y cercana relación con la madre. La necesaria lucha que se define finalmente con la lejanía entre ambos. De nueva cuenta la memoria y el olvido. Los recuerdos. Canetti es un escritor que recuerda, siempre recuerda; es un hombre que labra su escritura con base en la memoria, y que conforma todo un universo de la literatura tomando como punto de partida, trayecto y punto final del camino, sus recuerdos.

El hombre posee alma porque recuerda. Posee sueños porque recuerda. Tiene vida porque recuerda. Gran parte de nuestro camino lo hacemos recordando, nuestras reuniones son reuniones de recordar el pasado. Nuestra referencia al presente se basa en lo que podemos rescatar del olvido y revivirlo, nos planteamos el futuro en función de lo que hemos sido. No existe otro modo de seguir viviendo si no lo hacemos en función de la memoria. El hombre que la pierde en el sendero, el que olvida, el que se extravía, perece.

Son las cinco de la mañana de esta mañana fría del último día de noviembre, Ciudad de México. Mi mujer y mis hijos duermen. Mi compañía, la taza de café. Silencio en derredor mío. Releo algunos párrafos de El arte de la memoria, de Ilan Stavans: "sin la memoria, por ejemplo, no sabríamos que el tres va antes que el cuatro y después del dos, lo que nos impediría multiplicar y sumar, o saber nuestra edad. Nos impediría saber que el sábado y el domingo son días de asueto, y que tal y cuál son nuestros padres".

Las emociones íntimas, la tristeza, la risa, el amor y el desamor están ligados de manera estrecha a nuestros recuerdos. Nuestro sueño y nuestro desvelo, la maravilla del insomnio, es un ir y venir al paraíso de la memoria, nos refocilamos en ella, escudriñamos sus recovecos, nos empeñamos incluso en tratar de rescatar vivencias del olvido. Solemos pasar horas y horas, días enteros, intentando traer al presente algún viejo recuerdo que creemos haber vivido.

2

Ladrón de recuerdos.

Adueñarse de los recuerdos de otros es, también, parte de nuestras vidas. Robarle la memoria al vecino.

La historia del primo Pablo y su fractura del dedo del pie, de las peripecias en el rancho del abuelo, la dolorosa y angustiosa vuelta al pueblo, resbalando y cayendo, la escuché por primera vez el domingo siguiente, en casa del abuelo. Para ese entonces, Pablo lucía, orgulloso, su bota de yeso. El abuelo se refería a Pablo y a los otros primos como "unos valientes" y lo repitió al menos una docena de veces. La abuela reía, también y con una abierta felicidad contaba la hechura del pan y los huevos estrellados, y la glotonería de los "valientes", todos ellos reían al igual que mis tíos, e incluso mis padres. Yo permanecía en silencio, añorando haber estado allí con ellos. La historia, y como esa muchas más de aquella época, la viví desde la amena charla de mis primos y desde la soledad del encierro en casa.

Con el tiempo, y habiéndome alejado de la familia, me fui envolviendo en aquellas historias, como si fueran mías. Primero desde una prudente distancia, al final como claro protagonista de ellas. Con la muerte de los abuelos me encontré un día contando aquellos recuerdos sin tener que cuidarme de las inquisitivas miradas, y sin que ellos tuviesen la oportunidad de quitarme del grupo de valientes. Pablo falleció temprano y se volvió un cómplice de mis hazañas.

—Pablo me pedía tal...

—El primo Pablo me acompañaba...

Desde su tumba, Pablo revolcándose entre los mitos de mi vida.

Mi historia robada es una historia romántica, para recrear un poco a los ladrones de recuerdos. Todos, en alguna medida, lo somos. 60 % de la población, según algunos estudios de la psicología moderna, solemos apropiarnos de esos recuerdos para poder convivir en una reunión de amigos. Romántica porque adereza una infancia gris entre algodones y sábanas. Resguardado de resfríos leves o graves neumonías, asma. Mi madre corriendo tras de mí con el suéter o la chamarra. El mundo visto desde detrás de las ventanas, encerrado en casa de los vientos traicioneros y maliciosos. El trompo, el balero y las canicas relucientes y nuevos, sin un solo rasguño en sus cuerpos, al igual que ninguna huella en mi alma. Ladrón de recuerdos para tener algo que contarle al mundo, configurarme un universo infantil pleno de sueños y aventuras.

Marcel Proust, lo vivido y lo robado, lo real y lo ficticio. El gran referente para hablar de literatura y memoria, siete libros que conforman su gran obra. En busca del tiempo perdido. Aunque se han realizado estudios para contrastar los acontecimientos de la novela con la vida real de Proust, lo cierto es que nunca podría llegar a confundirse, porque, como afirma el propio autor, la literatura comienza donde termina la opacidad de la existencia.

¿Cuánto de lo contado desde una perspectiva autobiográfica le pertenece al escritor? ¿Cuánto de las hazañas platicadas en entrevistas le pertenece al entrevistado? Los hechos importantes en una sociedad, dan cabida a ladrones seriales de recuerdos. El movimiento estudiantil del 68 dio pie a que muchos impostores que pasaron de largo; una vez fueron muriendo los protagonistas y, sin que estos pudiesen desmentirles, se fueron apropiando de sus historias para hacerlas suyas y, así como estas, catástrofes y guerras se visten de contadores y estrellas arropados en el anonimato y el silencio inicial para dar cabida, después, al alumbrón. Hasta que llega alguien con pruebas irrefutables y revela sus pequeñeces de hombre.

¿Pero por qué razón robamos las historias de otros?

De manera pormenorizada me di a la tarea de buscar en internet y al menos en la combinación de palabras exprofeso, hallé poco o casi nada. Con una salvedad bien estudiada, la de la falsa memoria, construida a partir de hechos inexistentes, totalmente creados bajo circunstancias particulares, estrés, depresión, hipnosis. En el robo de recuerdos o apropiación de historias ajenas, existe la conciencia de hacerlo de manera consiente; se sabe del hecho, se conoce a los personajes y, sin embargo, uno va hurgando entre ellos hasta incorporarlos formalmente a nuestra memoria. Sentido de pertenencia de grupo, la única razón, o al menos la más evidente para poder justificarla. Identificarse con el otro compartiendo un pasado. El gusanito que hace tomar a otro un recuerdo, compartirlo en una charla casual, envolverlo grácilmente en hechos memorables, lento, pero a paso seguro, la repetición de la plática hasta que, transformándola, se vuelva de uno.

—El primo Pablo y la fractura del dedo del pie, ¿pie derecho, verdad?

—Sí, el derecho, y tú lo cargabas justo de ese lado. Recuerdo que, en una de esas, el resbalón hizo que casi te fueras contra el alambre de púas.

—Cierto. Ahora recuerdo eso. Incluso una de las púas desgarró mi pantalón. ¿Pero tú andabas con nosotros?

—Por supuesto, gracias a mí no te caíste por completo, yo los detuve a ti y a Pablo. Lo bien que la pasamos esos días con los abuelos.

—Sí. Comimos castañas asadas y plántanos hervidos. Y tú vomitaste por comer tantas castañas, ¿o fue el primo Toño?

—Fue Toño —contesto y sonrío victorioso; toda una vida y por fin el otro me ha integrado como protagonista de sus recuerdos.

La memoria y ese extraño mundo en el que nos vamos enredando, historia tras historia de nuestra vida reflejada en sueños. Hasta que llega el ladrón de recuerdos más experto de todos los que ha habido, el Alzheimer, y te deja vacío, inanimado, inexistente.

El Temporal

> Los recuerdos, incluso los más preciados,
> se desvanecen sorprendentemente rápido.
> Pero no estoy de acuerdo con eso.
> Los recuerdos que más valoro,
> nunca los veo desvanecerse.
>
> Kazuo Ishiguro

I

La lluvia —a ratos menudita y fresca, persistente y tenaz, y a ratos tormentosa con ráfagas de viento, relámpagos y truenos— nos ha permitido salir más temprano de la escuela. Son las once de la mañana y no solamente nos han dejado escapar más pronto, sino que la maestra, después de haber permanecido con otros maestros pegados a las noticias de la radio, ha dicho que, si esto sigue así, mañana será mejor no venir; un enorme griterío se dejó escuchar por todos los rincones de la escuela. Apresurado, tomo mis cuadernos y los pongo en la bolsa de nailon que me ha dado mamá; espero a mi hermano Antonio, él es el mayor y ya va en sexto, y a mis hermanas más pequeñas, la Chata y Rosita, y todos juntos salimos abrazados por una lluvia que nos ha acompañado ya desde hace por lo menos siete días. Allí mismo, a la puerta de la escuela, nos encontramos con Luis, el Chimuelo, y con el primo de este, Manolo; son los vecinos y cuates de la cuadra. En bola, salpicándonos con los charcos de la calle, en lugar de tomar el camino directo a casa, nos desviamos para mirar cómo va corriendo el Tulijá que, según nos cuentan, cada vez va tomando más cauce y más fuerza. Llegamos al puente y con asombro miramos cómo los pilares que lo sujetan poco a poco van siendo devorados por el agua que corre, llevándose con ella árboles y raíces, además de revolver a su paso todo el lodo de las orillas. Me quedo mirando la anchura del río y en vez de sus aguas verdes, oscuras, las hallo ahora achocolatadas por el lodo. Volvemos con rumbo a casa entre charco y charco, con la alegría encima, pensando en la diversión que nos espera. Mamá, en cuanto nos mira, corre por toallas y camisas secas, y la agarra contra mi hermano Antonio por no ser considerado y dejar que nos empapáramos tanto. De reojo veo cómo mi hermano se lo toma muy en serio y, agachando la cabeza, murmura algunos enojos por lo bajo; la respuesta de mamá no se hace esperar y con la velocidad de un rayo asienta un manotazo, que Antonio en vez de recibirlo en la cabeza, lo resiste en la nuca y en el hombro. A mamá se le nota preocupada, esta lluvia ha pasado de ser la habitual de otros tiempos.

Me asomo al patio de la casa —por la mañana había dejado algunas marcas de hasta donde llegaba el agua—. Ahora, con admiración, me doy cuenta de que todas han sido ampliamente rebasadas, de allí la preocupación de mamá, pienso. Corro y le digo a mi hermano lo que he visto; como respuesta me da un empujón que me hace trastabillar un poco; ante tal negativa, me dirijo entonces a Rosita y a la Chata, quienes asombradas se asoman pronto desde una de las ventanas. Desde allí observamos como golpetean las gotas de lluvia contra el suelo, levantando decenas de gotitas más pequeñas, que se esparcen luego alrededor, dejando pequeños hoyitos que pronto, por otras gotas que nuevamente repiten el golpe. En algunas partes más altas vemos cómo las gotas han hecho pequeños canales y grietas, dejando correr el agua y fundiéndose con otros canales, que van formando pequeñas lagunas. La Chata me pregunta, asustada.

—¿Por eso se está inundando?

Yo sonrío y a modo de respuesta le digo: —No, la crecida es por la lluvia de las montañas.

Y no miento, por lo menos es lo que escuché decir a papá ayer por la noche y es la opinión de los adultos cuando los escuchas hablar.

—La lluvia de aquí no importa, es lo que pase en las montañas —dicen ellos.

Por eso le digo a la chata eso mismo, aunque pensándolo bien, también los canales y las pequeñas lagunas ayudaran un poco. Mis hermanas se alejan, se han aburrido demasiado pronto, tendrán toda la mañana y el resto del día para jugar con sus muñecas; yo me pego al cristal de la ventana y miro cómo resbalan las gotas de lluvia. Me gusta seguirlas cuando van como culebritas, deslizándose de uno a otro lado. Me gusta también dejar una niebla con mi aliento y dibujar en ella imágenes que duran solamente un breve instante; después las borro y hago otras que también las borro, y hago otras y, así, hasta que me olvido de la historia que voy inventando con ellas; pero esta vez me siento distinto, tal vez ha sido la mirada con la que nos recibió mamá, esa especie de angustia que solamente de vez en cuando nos la hace llegar; a decir verdad, solo cuando pasan cosas graves, como cuando murió el abuelo José; por cierto era, también, una tarde de lluvia como la de ahora, o menos quizá, no recuerdo bien, pero la mirada de mamá sí fue la misma.

Tal vez ha sido también el asombro de mirar cómo las marcas de la creciente han sido fácilmente rebasadas, en mis mejores cálculos había predicho: "Si sigue la lluvia, como a las seis de la tarde", pero no, aún no era el mediodía y las marcas estaban ya perdidas. A escondidas de mamá me puse mis botas de hule y cogí el impermeable de Antonio. De ese modo, siendo él más grande que yo, podrá cubrirme completamente. Salgo por la puerta trasera, hay un aguacero bastante más fuerte que el que se ve desde la ventana. Ahora entiendo por qué los canales y las lagunas van haciéndose más profundos. Busco un pedazo de madera y rápidamente me ingenio para hacer una pequeña estaca. Cojo también una piedra. Bajo mis pies me hundo ligeramente en el lodo. A ratos también parece que voy a resbalar. Camino un par de metros, el agua prácticamente a mi alcance. Aprovecho un poco para caminar por la orilla, y en ese momento pienso en lo extraño que me resulta tener un lago en el patio de mi casa. Me inclino y coloco mi marca en un sitio que he elegido, más o menos a unas diez cuartas de distancia de donde llega el agua, y entonces con firmeza comienzo a clavarla en la tierra blanda y negra. La Chata y Rosita se han asomado por la ventana. Desde afuera puedo ver cómo pegan sus rostros y cómo se deforman por el cristal y el agua. Yo sonrío y les hago gestos con la cara y con las manos, después me pongo a bailar contoneándome graciosamente con el impermeable, hasta que descubro que, detrás de ellas, está también la cabeza de mamá, quien en un movimiento repentino, abre la ventana y al mismo tiempo grita:

—Vas a ver la que te espera, chamaco cabrón.

———————————————————————
——————

Desde las tres y media de la mañana escapó el sueño de mis ojos, justo cuando el silbato del tren anunciaba su partida de

Salto de Agua. Pero no ha sido el silbato del tren el que me despertó, fue más bien la quietud de la madrugada y el sonido pausado de la lluvia, ese sonido que desde hace ya nueve días se me ha clavado en los oídos y en la memoria. Uno tras otro, pensando y, sobre todo, anhelando que el siguiente sea ya el último de esta lluvia interminable. ¡Partió el tren! Lo escuché, como muchas madrugadas, abandonando el pueblo; lo escuché con el mismo deseo de partir algún día con él; después permanecí en la cama, arropada junto a mi esposo y escuchando las pausas con las que interrumpe su ronquido. Con una cautela innecesaria, daba una y otra vez vueltas para uno y otro lado, como vueltas daban también los recuerdos dentro de mi cabeza.

Fueron los niños, finalmente, los que me hicieron ponerme de pie, los gritos de Antonio tratando de ganar el baño y los alegatos de Rosita y la Chata por definir cuál sería el desayuno. Al asomarme al patio, descubro a mi hijo José recorriéndolo de uno a otro lado. Camina hasta la orilla de la crecida, se acurruca, mide con las palmas de su mano, voltea a ver hacia el cielo, vuelve a medir, vuelve a mirar al cielo y por fin se decide por colocar algunas estacas en el suelo. Le dejo hacer, a pesar de que no me gusta que se moje tan temprano, me mira y después sonriendo me dice.

—Son mis marcas para saber hasta dónde llega el agua

A las once y cuarto me asomé por la ventana y vi que volvían de la escuela. Mi mañana ha sido particularmente triste y con ese sabor amargo que tienen los malos recuerdos, y cómo no, si justo hace tres años, también en una época de lluvias, se fue mi padre. Por eso en cuanto he visto que los cuatro han entrado de la calle completamente empapados, he regañado al mayor, a Antonio, por no ser considerado. En un arranque, al mirar en sus ojos el reproche, he querido darle un manazo a la cabeza y sin querer se lo he dado en la nuca. Al alejarse, miré sus ojos abiertos recriminándome. Lo que no me ha gustado de todo esto es la manera en que me miraba José, tratando de adivinar por qué me siento como me siento. Seguro entenderá otra vez. Y es que, desde que murió mi padre, él ha sido para mí esa especie de conexión entre mis sentimientos, entre mis recuerdos, entre mis nostalgias. José ha sido una especie de reencarnación de la figura de papá. Por eso cuando escuché las risas de Rosita y la Chata al mediodía, asomadas por la ventana que da al patio y por la que yo misma me he asomado, al mirar la danza de José contoneándose y haciendo gestos con la cara y con las manos, he recordado los mismos gestos que mi padre hacía cuando volvía del trabajo bajo la lluvia, y repentinamente he pensado el por qué tenía que abandonarme en este pueblo alejado de la mano de Dios. Por eso abrí repentinamente la ventana, y por encima del ruido del aguacero le he gritado.

— ¡Vas a ver la que te espera, chamaco cabrón!

II

No sé si fue la vergüenza o la humedad de mis ropas, pero en cuanto sentí el primer chicotazo en las piernas comencé a llorar, cubriéndome el rostro para que mis hermanas no me vieran. Lo que más coraje me dio es que, para eso sí, Antonio estaba en primera fila, hasta me pareció verlo sonreír. La que sí estaba triste era la Chata. De Rosa uno nunca sabe que esperar, por eso ni me fijé en ella. Me obligó mi mamá a cambiarme nuevamente de ropa, por más que le dije que el impermeable había sido suficiente para cubrirme, de nada valieron mis palabras, mientras me alejaba escuchaba aquella letanía.

—Te vas a resfriar, vas a pescar una infección en esas aguas cochinas.

A la hora de la comida llegó papa y prácticamente le dijeron que estuve nadando en el patio, y por lo tanto, otra regañada, y lo más doloroso es que estuve tantito así de quedarme castigado sin comer. Mientras comíamos, mamá preguntó a papá algo sobre el rancho y él le contestó que no sabía bien cómo estaban las cosas, que esperaba que de un momento a otro trajeran noticias. Le dijo también que le preocupaba un poco que se fuera a desbordar el arroyo y que no tuvieran tiempo de llevar el ganado a la loma.

—¡Sobre todo! —dijo mi papá—. Me preocupan los becerros, el ganado mayor, como quiera.

Al escuchar esto último, imaginé que las vacas pueden valerse por sí solas, pero que los pequeños sí estarían en peligro. Después mamá preguntó por el semental.

—Ese no me preocupa —dijo papá—. Estando en el establo, con él no hay ningún problema.

Y entonces veo cómo agarra un pedazo de tortilla y, haciendo una cuchara con ella, toma un bocado de carne y caldillo picante y lo lleva goloso a la boca. Por cierto, este también es mi plato favorito.

—¡Puntas a la mexicana! —dice mi mamá y más de una vez me he parado junto a ella a mirar cómo lo prepara: primero, corta en trozos pequeños la carne de res (puntas de filete, dice), después coloca en una sartén una pequeña porción de aceite en la que echa a freír, cebolla picada, jitomates en cuadritos y chile serrano verde, a estos solamente los parte por la mitad. Después, agrega los trozos de carne que ha sazonado con sal y pimienta, y una vez que está todo en la sartén los deja tapados para que se cocinen. De todo esto, lo que más disfruto es asomarme de cuando en cuando a la sartén y, levantando la tapa, dejar escapar el vapor oloroso que se mete en mis narices, y ver cómo la carne va soltando sus jugos.

—¡Menos mal que es de establo! —repite mamá—. Porque ese sí que te saldría muy caro.

A lo que papá afirma con los ojos y pide que le sirvan un vaso de horchata, señalando la jarra.

Como a eso de las cinco de la tarde ha venido el señor Esteban. Ha dicho a papá que la cosa va en serio. Puente de Piedra ya quedó por debajo del agua, eso quiere decir que ya no hay paso para el rancho, a menos que se quiera rodear por otras brechas.

—¡Son las pinches presas! —ha dicho don Esteban

—Tanto progreso y mira en lo que acaba.

Y mi papá le contesta sonriendo:

—¡El Niño! Dicen en las noticias que es el Niño.

—Qué Niño, ni que la chingada, a mí por lo pronto ya me jodió las hortalizas —le contesta don Esteban.

Antes de despedirse se ha tomado con mi papá una jarra de café recién hecho.

—¿Tu ganado? —le pregunta a mi papá, y él le contesta: —Ni una sola noticia.

Me asomo a ver mi marca. Recuerdo más o menos que la puse al mediodía, lo que sí recuerdo muy bien es que fue cinco minutos antes de la cueriza que me dio mamá. El agua de la creciente ha subido ya más de un metro de mi marca, le digo a la Chata y como que recuerda también el castigo, porque la verdad no me hace mucho jalón. En mi cabeza ronronea nuevamente la idea de salir al patio.

¡Se ha ido la luz desde las seis y media! Escuchamos tan solo un zumbido y después el silencio de la radio. A esas horas y por la tarde, tan oscura por la lluvia, teníamos ya prendidas luces en la sala y en la cocina. Mamá ha estado friendo platanitos para la cena. Papá ha caminado de uno a otro lado, se asoma discreto al patio y después de mirar, me ha preguntado como a qué hora coloqué la última marca, le contesto que aproximadamente a las doce y entonces ha hecho algunos cálculos.

—¡Ha subido más o menos metro y medio en seis horas! —ha dicho a mi mamá y entonces me doy cuenta lo valiosa que ha resultado mi labor.

Justo a la hora de la cena llegaron por fin las noticias del rancho. Empapado de pies a cabeza a pesar de la manga y el sombrero, hizo su aparición por casa Enrique, el encargado del rancho. Mientras retiraba la manga vimos cómo su rostro denotaba perturbación

—¿Cómo está el ganado? —preguntó directamente mi padre.

—Bien. Pudimos juntarlos a todos y llevarlos a lo más alto de la loma.

—¿Los becerros?

—¡Todos bien! Tuvimos tiempo de juntarlos.

—Bueno, después me cuentas, cámbiate y vente a cenar con nosotros.

Enrique se quedó pensando un poco y agregó:

—El que se chingó fue el semental, con eso que se derrumbó el establo.

———————————————————————
——————————

Esperé a que entrara del patio, lo cogí por una mano y con la otra le pegué dos o tres cintarazos. Debo admitir que me dolió hacerlo, sobre todo porque, mientras caminaba decidida a su encuentro, salió Antonio de su cuarto con el único fin de presenciar aquel castigo. La Chata trató con la mirada de interceder por José. Rosita, aunque no dejó ver nada, se mantuvo atenta al desenlace. Todavía mantenía en mi cabeza la imagen de mi padre acercándose a la casa completamente empapado y con la sonrisa en los labios, de la misma manera como mi hijo que, a pesar del grito, se fue acercando con una sonrisa bien plantada. A pesar de sus argumentos no dudé en hacer que se cambiara nuevamente de ropa. Mientras se alejaba, yo terminaba aquel castigo diciéndole.

—Te vas a resfriar, vas a pescar una infección en esas aguas cochinas.

A la hora de la comida, cuando llegó mi esposo, Rosita se destapó y le dijo al papá que José, se la había pasado "toda" la mañana nadando en el agua de la crecida, yo tuve que aclararle, que solamente había intentado poner algunas marcas, esa aclaración le valió que no se le castigara dejándolo sin comer. La verdad me dio mucha ternura mirar su carita triste, sobre todo porque había yo cocinado puntas a la mexicana. ¡Sin duda lo que más disfruta!, nada más hay que verlo cómo se pone junto a mí cuando la estoy preparando.

—Primero hay que cortar la carne en trozos pequeños —le digo y le enseño como hacerlo—. Le pones pimienta, sal y la revuelves muy bien. Pones en una sartén o en una cacerola de barro un chorrito de aceite y pones después la carne sazonada, le agregas tantita agua, muy poquita, solamente para que no se pegue; cortas suficiente cebolla en trozos pequeños igual que el jitomate y le pones también unos cuatro o cinco chiles serranos verdes, estos bien lavados y solamente cortados a la mitad; después tapas la cacerola y dejas que se cocine con el jugo que va soltando la carne. —Mientras le digo esto, él sonríe, imaginando los vapores olorosos que salen de la cacerola y que cuando cree que no lo veo, a hurtadillas, se asoma levantando la tapa.

Mientras comemos le pregunto a mi marido si sabe algo del rancho, me dice que le preocupa que se vaya a desbordar el arroyo y que no puedan mover el ganado hacia las lomas, sobre todo las crías. Él tiene razón, el ganado mayor como quiera, pero los becerros. Yo confío, como él, en que se hayan tomado las precauciones y que todo se haya hecho con tiempo, por fortuna no tiene el pendiente del semental, ¡con eso que es tan caro!

—Ese no me preocupa —dijo mi marido—, estando en el establo, con él no hay ningún problema.

Mientras decía esto veo cómo José agarra un pedazo de tortilla y haciendo una especie de cuchara con ella, coge un trozo de carne con caldillo. Nada más hay que ver cómo se saborea.

Por la tarde ha estado por casa el señor Esteban, les he preparado una jarra de café bien cargado como sé que a ellos les gusta y de vuelta en vuelta me he enterado poco de lo que han hablado, alguna vez escuché las palabrotas de don Esteban, refiriéndose a las presas, y al "Niño". Eso que mi marido ha traído a cuentas como causante de las lluvias. Yo mejor opino entre mí, es que ya se va a acabar Salto de Agua.

En la cocina sigo escuchando el ruidero eterno de la lluvia, la oscuridad repentina que en estas tardes ha venido a enrarecer aún más el clima de mi alma. He estado friendo platanitos para la cena. ¡Se fue la luz!, solamente escuchamos un zumbido y después la radio que quedó muda. José de vez en cuando se asoma al patio a mirar la creciente, o más bien las marcas que puso al mediodía, he escuchado que su papá, después de asomarse por la ventana, le ha preguntado a qué hora puso las marcas, después se ha acercado a mí y me ha dicho:

—Ha subido más o menos metro y medio en seis horas.

Entonces he visto también que mi hijo José se acerca, tal vez con la ilusión de que me arrepienta por la cueriza que le di, al saber que sus mediciones han sido valiosas, pero que ni crea. Esa sonrisa en su cara es igualita a la de papá cuando quería justificar alguna falta o cuando llegaba a casa con dos o tres copitas encima.

A la hora de la cena llegaron por fin las noticias del rancho. Empapado de pies a cabeza y a pesar de la capa, se asomó nuestro encargado, Enrique. A pregunta de mi marido, él respondió que el ganado había podido subirse sin contratiempos a la loma, también contestó que los becerros estaban bien; mi marido le dijo que se cambiara y que se sentara a cenar con nosotros. El rostro de mi marido era, después de tanta espera, por fin de alivio; sin embargo, se vio repentinamente transformado en uno de abatimiento total cuando Enrique agregó, un tanto a la ligera:

—El que se chingó fue el semental, con eso que se derrumbó el establo.

III

A pesar de los ruegos y con el pretexto de que mañana no hay escuela, mamá nos ha mandado a dormir a la misma hora de siempre. ¡Son las nueve! El aguacero cada vez más fuerte. Al pasar por la cocina me arrimo un poco a la ventana que da al gallinero y escucho el ruidero que hace la lluvia al golpear contra el techo de lámina. Descubro también por esa zona una extensa mancha húmeda que traspasa hacia dentro de la casa, incluso puedo tocarla y desprender un poco de pintura. Con el pretexto de un vaso de agua aprovecho para asomarme por la sala. Enrique acompaña a papá, casi no puedo distinguirles, el quinqué no ayuda mucho con su luz opaca, solamente alcanzo a escuchar la voz de papá. —¡Lástima tan bonito que estaba! —dice. Y hay un lamento que acompaña estas palabras. Para mí que no solamente el establo fue el que se derrumbó.

En la cama, doy vueltas para uno y otro lado. Algo me hace levantarme de nuevo y aprovecho para asomarme por la ventana que mira para el patio. Una silueta alumbrándose con una lámpara llama mi atención: Es papá, cubierto con botas de hule y la capa impermeable; veo cómo llega hasta la orilla del agua; allí clava, como lo hiciera yo, una estaca, después mira su reloj, camina unos pasos como midiendo una distancia y en un lugar que él determina coloca otra marca. Esta vez puedo ver que se trata de un tubo de metal, mira de nuevo su reloj, vuelve a medir los pasos entre una y otra marca, después avienta la luz hacia el cielo, la luz blanca deja ver los goterones tan grandes que van cayendo. ¡Puedo ver incluso cómo pegan contra su cara y su sombrero!, voltea luego hacia la cocina, seguro ha sido mamá la que lo ha llamado, yo no puedo verla ni oírla, sin embargo, sé que está esperando a papá desde la puerta. Él, cabizbajo, desanda los pasos, después yo me acuesto y me duermo.

Entre la una y las dos de la mañana, Antonio me despierta alarmado, algo ha pasado en la sala porque de pronto se escucha un ruidero bastante fuerte, nos asomamos y chocamos nuestros ojos con los del Chimuelo y los de Manolo, además de las hermanas de estos y doña María, la mamá del Chimuelo. Como puedo me hago llegar las noticias. El agua ha llegado ya a las casas más bajas. la de Manolo se ha desgajado con el deslave, a la del Chimuelo ya poco le falta, mamá ha preparado para todos suficiente café de olla, incluso yo aprovecho aquel disturbio y me sirvo una taza; el Chimuelo duro y dale con los platanitos fritos que han quedado de la cena. Mamá lo ha dispuesto todo en un santiamén. Los niños al cuarto de nosotros y las niñas con mis hermanas.

—Cerrando las puertas todo es dormitorio, dice mamá. Y quién sabe de dónde empieza a sacar almohadas y cobertores. Papá y, en esos momentos ya, una decena de hombres han organizado una cuadrilla para ir viendo cómo andan las otras casas. ¿Nosotros?, nuevamente a dormir. Mientras el Chimuelo nos platica el susto que se ha llevado, distraídamente se suelta un pedo bastante apestoso, por lo que Antonio suelta las palabrotas.

—¡Cuando comas zopilote, quítale las plumas! —Y entre risa y risa nos vamos durmiendo.

Lo primero que he hecho esta mañana ha sido asomarme por la ventana y ver cómo van las marcas de papá. La primera completamente tapada, ahora el agua ha quedado a escasos centímetros del tubo. ¡Amainó ligeramente el aguacero!, me asomo a la sala y me encuentro con un tiradero de vecinos, a cual más con caras de cansancio y desvelo. Las mujeres vueltas y vueltas por la cocina. Algunas han traído huevos, frijoles o lo que medianamente han podido salvar de sus casas y los han hecho revueltos con chorizo. En una olla muy grande, seguramente puesta por mamá desde muy temprano, los frijoles sueltan aquel olor tan delicioso. ¡Nada que ver con el pedo del chimuelo!, pienso.

Después del desayuno hemos rogado a mamá que nos deje salir, nuestro mayor pretexto es que ahora la llovizna, aunque persistente, nos dejará llevar bien las botas y los impermeables. Yo pienso que más que nuestros argumentos, ha sido la necesidad de alejar un poco de ruido de la cocina lo que le hizo dejarnos libres, y aquí vamos todos en bola. Antonio por delante, como si fuera el capitán del pelotón, el Chimuelo, Manolo, yo, Rosita, la Chata y las hermanas del Chimuelo y de Manolo, diez en total. Casi al llegar a la esquina se nos agregan Víctor y Alfredo y la hermanita de este, la Chabelita, que, con su patita coja, por aquello de la polio, comienza a pegar saltitos para poder emparejarse con nosotros. Yo sonrío un poco al recodar que mis hermanas le dicen "la Chimenea", por aquello de que cuando va caminando "chi menea por acá y chi menea por allá". Pasamos frente a la casa de doña Josefina y aprovecho para mirar si se nos agregan el Güicho y la Miroslava, pero no; ellos nada más se asoman por la ventana y desde allí nos dan la despedida. Todavía recorro unos pasos más y volteo a ver si se deciden, pero nada; tampoco yo me animo a levantar la mano y decirle adiós a la Miros.

Cuando llegamos a la orilla de la creciente, pude ver lo extenso que cubría el agua. Descubrí también lo que quedaba de la casa del Chimuelo; prácticamente se había desgajado toda la parte que daba a su patio. De hecho, si uno la veía completamente de frente parecía que no le había pasado nada, pero si se asomaba uno hacia los lados, entonces veía uno que de la parte de atrás, el agua se había llevado las paredes y parte del techo, cuando volteé a ver al Chimuelito, la verdad que me dio mucha lástima. De la casa de Manolo solamente quedaban los pilares, todo se lo había llevado el agua, ¡completamente todo!. Este sí que está bien jodido, pensé para mí. Otras casas vecinas también estaban inundadas, unas más que otras, pero, al fin y al cabo, todas. Un poco más abajo y rodeada completamente de agua, la casa de don Gumersindo, como está hecha sobre una lomita, ha podido tenerse en pie, desde lo lejos podemos mirar cómo don Gumer nos saluda y se pone a gritar quién sabe qué cosas que no podemos entender. ¡En bola! Nuevamente emprendemos la retirada. Alguno de nosotros ha dicho que nos asomemos al puente, que allí sí la cosa está de miedo, y caminamos decididos a ver lo que pasa. Conforme nos acercamos alcanzamos a escuchar un estruendo y, casi como si hubiéramos recibido una orden, salimos todos corriendo hacia el río y entonces me quedo pasmado al ver el cauce del río Tulijá que ha cambiado totalmente de cuando lo vimos ayer. Hay una corriente que se ha desbordado y que golpea furiosamente los pilares de concreto. La calle que corre entre las escaleras y el hotel Elenita ha hecho una garganta por donde se amontona toda el agua, por eso, tanto ruido.

Asombrados vemos como los árboles y los troncos, así como algunos techos de lámina, son pasados debajo del puente seco en la calle Aquiles Serdán, escuchamos a algunos que dicen que han pasado caminando por el puente o se han acercado a él, que se siente cómo vibra y se mueve con tanta agua que golpea sus cimientos. La Chata me mira de reojo, y asustada se abraza a mi cintura, Antonio comienza a acercarse un poco a la orilla y, entonces, Rosita lo amedrenta de inmediato:

—Si das un paso más, te acuso con mi mamá.

———————————————————————
——————————

A pesar de los ruegos y pretextos, se han ido todos a la cama a las nueve en punto de la noche. En una de esas encontré a José pendiente del ruido de la lluvia al caer sobre las láminas del gallinero. También me di cuenta de que, con las uñas, escarbaba por ahí la pintura que con tanta humedad poco a poco se ha ido levantando de las paredes. Lo que más llamó mi atención ha sido el interés con el que se asoma para escuchar la plática de su papá con Enrique. Yo también me asomo y, a pesar de la penumbra apenas rota por la lámpara de quinqué, puedo ver el rostro bastante entristecido de mi marido, sobre todo cuando, haciendo pausas, de cuando en cuando repite con insistencia a nuestro ranchero:

—¡Lástima tan bonito que estaba! —Para mí que no solamente fue el establo el que se derrumbó.

La angustia de mi marido ha ido poco a poco a más. Puente de piedra, hundido; el arroyo del rancho, desbordado; el ganado, aislado en la loma; el semental, muerto; ¿qué más va a seguir? Por eso se sale al patio enfundado en una manga impermeable y con sus botas de hule, alumbrándose con una lámpara; camina contando unos pasos desde la orilla de la creciente, regresa a la orilla, deja una estaca cerca del agua, vuelve a contar los pasos, clava otra marca en el piso. Esta vez utiliza un tubo de metal, avienta la luz contra el cielo y deja que la lluvia le dé de lleno contra su cara. Entonces, asomándome por la puerta de la cocina, le grito para que ya se meta.

A la una y veinte de la mañana escuché los toquidos en la puerta, solamente tuve que asomarme y mirar esas caras de angustia de los vecinos para dejarles pasar. Entre grito y grito cuentan las cosas, yo alcanzo a escuchar que el agua ya entró en sus casas, que los animales de corral desaparecieron y que sus perros, asustados, dejaron de ladrar y empezaron con una temblorina de miedo.

—Cerrando las puertas todo es dormitorio. Les digo, mientras trato de reconfortarlos con algunos tragos de café caliente, pan y los platanitos que habían quedado de la cena. Sin saber ni cómo, poco a poco echo mano de cobertores y almohadas que tienen el penetrante olor a naftalina.

Por la mañana me asomo a ver el tendedero en la sala, aprovecho ese silencio que da el cansancio y apuro mis quehaceres con una enorme olla de frijoles, amén de los huevos con chorizo que María, la mamá del Chimuelo, ha procurado.

Ha sido la insistencia de los niños la que me ha hecho permitirles que salieran. Tal vez un poco el recuerdo de papá que siempre insistía en darles libertad, en dejarles que disfrutaran, como él, de la lluvia cayendo sobre su cuerpo. Me he asomado por la ventana y veo cómo marchan todos en bola, Antonio por delante. José sonriendo por algo que Chabelita, la cojita, seguramente le ha contado.

De vuelta, Rosita me ha contado, con pelos y señas, que Antonio se asomaba peligrosamente al puente, por lo que se llevó nuevamente un merecido regaño.

Durante todo este tiempo en que el silencio me ha acompañado. En mi cabeza, vueltas y vueltas pensando en qué seguirá con tanta lluvia. ¡Seguro no traerá nada bueno!, en Salto de Agua la lluvia pocas veces trae algo bueno.

IV

Estuvimos jugando un poco en la calle a pesar de la llovizna. Güicho y Miroslava terminaron por entrarle al relajo. Después nos dijeron que su mamá no los dejaba salir. A la hora de la comida los invitamos también a ellos, y mi mamá me echó unos ojotes, esta vez dejó en paz a Antonio, porque sabe que Miroslava y Güicho son más bien mis amigos. Para esta hora del día y a pesar de que la lluvia amainó, el tubo que dejó papá de marca ha quedado ya por debajo del nivel del agua. La cosa va en serio y como dicen los adultos, lo que importa no es la lluvia del pueblo, es más bien la de la montaña. A veces me he acercado a papá y, mirando hacia los cerros, oigo cómo les dice a los vecinos:

—Va a seguir esta chingadera.

Casi habíamos terminado de comer cuando vimos que se asomó doña Mamerta por la cocina. Traía la cabeza cubierta con un paliacate rojo y encima una gabardina vieja, entró riendo a carcajadas y asombrando a mamá y a las otras señoras.

—¿Por dónde entró usted? —dice mamá. Y entonces todos en estampida nos asomamos por la puerta y por la ventana que da al patio. El cayuco está amarrado a uno de los postes del lavadero, "¡quién lo iba a decir!", pienso yo. Mi propio atracadero en el patio de mi casa. A regañadientes y solo por tanta insistencia de doña Mamerta, mamá nos ha permitido subir al cayuco y dar una vuelta, no todos en bola, claro. Adivinen quién ha sido el primero en subirse: Antonio. Desde la orilla, papá y los otros vecinos han estado al pendiente de nuestro paseo. La Chata, a pesar de ser de las más pequeñas, ha sido la que sin duda lo ha disfrutado más, incluso sacaba sus manitas por sobre el borde y cuando ella pensaba que no la veíamos, las metía al agua de la creciente; yo nunca le dije nada, se le veía tan contenta; mamá, desde la orilla, con aquellos gritos desesperados.

—¡Hasta allí nada más, doña Mamerta! —decía. Y nosotros:

—Otro poquito, otro poquito —haciendo un coro.

A las cinco de la tarde, todo el viejerío alrededor del café. Doña Panchita se animó y horneó unas galletitas; es la primera vez que las comemos gratis, con eso de que aquello son de lo que vive. Doña Mamerta platicó que otro arroyo ya también se ha desbordado, el Michol, y mi mamá dejó escapar una exclamación de asombro.

—La Cruzada se ha ido ya a pique —dijo doña Mamerta, y no sé por qué, pero me remonté a los domingos que nos invitaban a la Cruzada, al rancho del tío Julingo o cuando nos vamos al panteón a visitar al abuelo José y, estando tan cerca, nos damos una vueltita para visitar a los amigos. Mientras pienso en esto, cruzo con mamá una mirada. El abuelo José, el panteón, el Michol desbordado, y encuentro en mamá la angustia que se refleja en sus ojos.

Por la noche, otra vez el tendedero desde la sala. Obviamente, no dejaron que Güicho y Miroslava se vinieran a dormir a la casa; de cualquier forma, estuvieron jugando con nosotros hasta bien entrada la tarde. El nivel del agua se ha mantenido; de hecho, hubo por allí un buen rato en que abrió el cielo y, aunque no salió el sol, por lo menos aclaró tantito. Esta vez el Chimuelo está amenazado por mi hermano, a la primera que se eche un pedo se va al corredor de la casa.

¡Me quedo dormido por tanto cansancio!, como a las doce o un poquito antes, Antonio me mueve por un brazo, me despierta y me zarandea.

—Has estado quejándote —me dice y después se voltea al otro lado de la cama. Yo me quedo con los ojos pelados, recordando mi sueño:

El arroyo ha seguido desbordándose. No solamente ha llenado la Cruzada, también ha comenzado a ablandar la barda del panteón. Yo todavía escucho el ruido que hace cuando golpea con la barda, hasta que esta se cae en un largo trecho. Entonces, el agua poco a poco va metiéndose al panteón y veo cómo empieza a correr entre las sepulturas, arrasando a su paso con cruces y floreros, deslavando la tierra de los muertitos y las tapas de concreto. También alcanzo a ver cómo tira a su paso las bancas de cemento, entonces salen a flote las cajas y comienzan a moverse de uno a otro lado. Yo comienzo a llorar pensando en que el abuelo jamás aprendió a nadar. Cómo vamos a reconocer su caja entre tantas que han sido arrancadas de la tierra. ¿Y si se salen del panteón? ¿Y si el arroyo las lleva al Tulijá? Perderíamos ahora sí al abuelo para siempre.

El chimuelo me despierta a puro grito, eran como las nueve de la mañana. No sé ni a qué hora me quedé dormido.

—Ya paró la lluvia —grita el Chimuelo. Y me mueve por las piernas. Abro finalmente los ojos. Efectivamente, ha dejado de llover y, discretos, se asoman ligeramente algunos rayitos del sol. ¿Para qué tanta algarabía?, me digo después; el agua, aunque no ha subido más, tampoco ha comenzado a bajar.

Busco a mamá y espero algún momento oportuno, el más aislado que pueda tenerse entre las cuatro familias que hay bajo este techo; entonces le digo.

—Soñé con el abuelo, tenemos que ir a verlo. —Ella me abraza, y sacudiendo mis cabellos me muestra otra vez unos ojos llenos de esperanza.

———————————————————————————
——————————

Mientras los niños han estado jugando afuera he aprovechado para hundirme en las viejas pertenencias de mi padre. Ha sido este interminable temporal el que me ha puesto en el estado de recordarlo todo. Me arropo con la chamarra vieja que siempre trajo consigo los últimos años de su vida. Nuestra llegada al pueblo, treinta y dos años atrás. La labor paciente de papá como oficinista del registro civil. La imagen precisa en mis recuerdos de verlo salir por la mañana con su pantalón café y su camisa blanca, el pañuelo rojo para secar los sudores.

—Los calores de Salto de Agua, ¡solamente en el infierno! —decía.

La lejanía de nuestro pueblo de nacimiento. Por razones que jamás entendí.

—Un día, tú y yo nos vamos a sentar a platicar largo y tendido sobre aquello —me decía papá. Pero nunca llegó ese día. La ansiedad por escapar de esta tierra en la que siempre me sentí ajena, ahora más que nunca, en este solitario abandono a partir de su muerte, pero sobre todas estas nostalgias. La lluvia con la que nunca me he sentido segura en Salto de Agua.

A la hora de la comida, a José se le ocurrió la puntada de traer invitados y se empeñó en sentarlos a la mesa, a pesar de los ojotes que le echaba. Casi terminábamos cuando llegó doña Mamerta.

—¿Por dónde entró usted? —le dije. Y todos en estampida nos asomamos por la puerta de la cocina y por las ventanas a ver el cayuco que doña Mamerta había amarrado en el lavadero.

Dejé que dieran unas vueltas en el cayuco, un poco la insistencia de doña Mamerta, un poco la presencia de mi marido y los otros hombres que estarían al pendiente de los niños, y un poco, también, la voz de papá en el recuerdo que, para esos momentos, parecía haberse hecho cargo ya de mis decisiones. Con todo y eso, nadie pudo evitar que gritara desde la orilla: "¡Hasta allí nada más, doña Mamerta!", con tal de lograr que terminara aquel paseo.

Por la tarde terminamos todas las mujeres tomando café y haciendo galletitas. Doña Mamerta platicó que se ha desbordado el Michol, un arroyo grande que desemboca en el Tulijá y que ha inundado ya la Cruzada. Yo me arrepiento un poco, porque en lugar de pensar en la suerte que han corrido el tío Julingo y su familia, me ha llegado a la memoria que, sin duda, ese arroyo habrá afectado también el cementerio. Justo en esos momentos entra mi hijo José y se me queda viendo nuevamente, con esa mirada con la que pretende saber lo que siento.

Por la noche, el silencio de la fatiga, el ronroneo pausado de los ronquidos de mi marido, el sonido de la lluvia, el croar eterno de las ranas y el sonsonete nostálgico de los grillos. Poco a poco, también se han ido apagando los cuchicheos de los vecinos vencidos por el sueño.

Aletargada y con sobresaltos, me despierto; ha sido José, tal vez alguna pesadilla; escucho la voz de Antonio tratando de despertarlo. No sé la hora; sin embargo, permanezco el resto de la noche dando vueltas en la cama, pensando en el Michol y su desbordamiento, en el cementerio hundido en las aguas achocolatadas, en la humedad penetrando la tierra, en la caja de mi padre pudriéndose; en sus ropas, claro está, el pantalón café y la camisa blanca, en su pañuelo rojo, que cuidadosamente até alrededor de su cuello al amortajarlo; en su piel, en sus cabellos, en esa sonrisa que se quedó congelada no solo en su rostro, sino, sobre todo, en mi recuerdo. ¡En mi memoria!

Al despuntar el día, finalmente y por algún milagro, ha dejado de llover. La algarabía se apodera de cada uno de nosotros, somos cuatro familias bajo el techo, el bullicio como un enjambre de avispas. José asoma su rostro por la cocina, sospecho que se tiene algo entre manos, por eso me aparto de aquel montón de gente y él aprovecha para decirme.

—Soñé con el abuelo, tenemos que ir a verlo. —Yo lo abrazo y sacudo sus cabellos. Si la lluvia ha amainado, el sol, el calor, el infierno, qué más podría pasarle a Salto de Agua.

V

Después del desayuno, papá nos ha dejado acompañarle al centro del pueblo. Estamos ansiosos por ver qué tan alto ha subido la inundación. A nuestro paso, el asombro al mirar las casas de nuestros amigos y, más que todo, mirarlos a ellos refugiados en las azoteas con improvisadas carpas de lona. Al paso, encontramos al tío Horacio, quien en esos momentos aprovecha para vender carne de puerco y chicharrón sancochado; además de saludarlo, ninguno de nosotros se niega a tomar un buen trozo de chicharrón. Mi asombro, cada vez mayor: veo el parque y el agua que cubre alguno de sus lados, incluso para llegar a la iglesia tenemos primero que cruzar un inmenso charco, no muy hondo, de tal modo que cubriéndonos con las botas logramos llegar al portón. El sol, para estas horas del mañana ya bien puesto, y como los más en el pueblo, picante y bochornoso. A mi paso, empiezan poco a poco a mostrarse las costras que el lodo va dejando al secarse. Acompañados siempre de papá, llegamos hasta las gradas que suben al terraplén; allí sí, por lo estrecho de la bocacalle, el agua ha tomado una corriente muy fuerte. La gente, sentada, ve como en su cauce van desfilando troncos, postes del telégrafo, vacas o perros con las patas vueltas para arriba y las panzas llenas de aire, incluso en un momento nos unimos a otros chamacos que, apostados desde las alturas, se han hecho llegar racimos de piedras con las que intentan darles a los extraños navegantes, sobre todo a los animales muertos.

La comida, después de tanto juego, me ha sabido deliciosa. Los vecinos, poco a poco, se han enterado de que la presidencia municipal ha dispuesto de refugios en las escuelas donde, además de cobertores gratis, les darán también comida, por lo tanto, cada una de las familias ha decidido marchar.

—De cualquier manera, lo que se ofrezca —ha dicho papá.

El cielo por fin se abrió por completo, las nubes grises y negras poco a poco han marchado y, en este atardecer, el cielo se muestra tan azul y con un sol tan radiante que, solo porque en el patio aún se puede ver el agua en grandes charcos, puedo asegurar lo de la creciente; de lo contrario, cualquiera diría que estoy loco.

Me preocupa que este tiempo bueno traiga de nuevo las clases, de todos modos me asomo al patio y busco las marcas. No hay remedio: el tubo que dejó papá, alejado ya del agua como a un metro. Volteo a la puerta de la cocina y mamá me saluda con un rostro más sonriente.

Después de ocho días o nueve, o no sé cuántos en realidad, la de anoche fue la primera totalmente sin lluvia. Temprano, lo primero que hago es ir al patio y con cierta tristeza descubro que no solamente las dos marcas de mi papá están ya fuera del agua, sino que algunas de las mías de nuevo pueden verse. También el lodo se ha ido secando, incluso puedo caminar ya sin tanta necesidad de las botas. En el desayuno, nos enteramos de algunas cosas interesantes; por ejemplo, que la Conchita, la hija de don Emigdio, dio a luz trayecto al pueblo, en un cayuco, y que Bruno, el lanchero, tuvo que hacerle de doctor. Papá nos dijo que por fin iría al rancho para ver personalmente cuáles eran los daños. Puente de Piedra ya deja de nuevo el paso, Antonio lo acompañará, las niñas se quedarán en casa, mamá y yo iremos finalmente al panteón.

Esta tarde, mientras papá platicaba cómo se derrumbó el establo, sepultando al semental, yo cerraba los ojos y volvía a imaginar el camino rumbo al cementerio. El paso de mamá, bastante más rápido que de costumbre, mamá con un pequeño azadón, yo con un machete entre mis manos. Casi llegando al panteón vi cómo las hierbas y los pastizales estaban acostados por el agua que les había corrido por encima; allí si tuvimos que llevar las botas porque a mamá le habían dicho que en algunas partes el lodo no había tenido tiempo de secar. Conforme vamos acercándonos, veo cómo las aguas dejaron manchas en la barda, yo me vuelvo a imaginar el sueño aquel y, aunque no me crean, veo a uno y otro lado, allí entre los árboles, intentando descubrir alguna caja, pero no, ninguna por allí. Entramos entonces al panteón, hay bastante basura por todos lados, floreros y flores enganchadas en las herrerías, algunas cruces removidas del suelo. Mamá, cuidadosamente, trata de enderezarlas lo más que puede, algunas cuando no sabe a quién pertenecen, tan solo las deja a un lado de la vereda. Efectivamente, compruebo que algunas tumbas que solamente estaban cubiertas por montículos de tierra, están completamente deslavadas, lo que me tranquiliza un poco es que las de material, aparentemente, están intactas; mamá sigue con el paso rápido hasta que finalmente se detiene. Está allí, muy seria, frente a la tumba del abuelo José. Con una ansiedad que en este momento compartimos en silencio, empezamos los dos a la limpieza. Con el machete retiro lo más que puedo las basuras que se han metido entre los barrotes de la puerta, mientras mamá con el azadón, poco a poco, recompone los bordes de la sepultura, retirando lo más que puede todo el lodo seco y los escombros que se fueron juntando. Veo a mi alrededor: ¡completamente solos! Tal vez en estos momentos otros andan con la misma ansiedad tratando de limpiar sus casas, incluso imagino a papá tratando de desenterrar al semental muerto, mamá y yo nos hemos impuesto la tarea de limpiar el sepulcro del abuelo, ¿y por qué no?, en estos casos, cada uno tiene sus propias penas.

———————————————————————
——————————

Los niños han marchado al centro del pueblo, mi marido ha ido con ellos. Los vecinos, una vez que se han enterado de que la presidencia municipal ha habilitado la escuela como albergue y que les están dando comida y cobijo, han marchado también.

¡El sol! Con esa intensidad que solamente puede darse en Salto de Agua, poco a poco va secando el lodo, dejando grandes costras de suelo seco. La creciente, según puedo ver por las marcas de mi marido y de mi hijo, ha ido disminuyendo, de hecho, ahora mismo puedo ver las marcas que puso mi hijo aquel mediodía y que fueron causa del castigo.

¡El silencio absoluto en casa! Es tiempo de volver a recordarte, de volver a mirar el paso lento con el que te asomabas al término de tu jornada, la sonrisa que jamás, y a pesar de las penalidades, te abandonó. La risa jocosa y abierta en tus partidas de dominó o de tus juegos con José, cuando lo subías a tus rodillas y jugaban al caballito, o de cuando volvían del Tulijá, cargados de piedritas extrañas, con las que pretendían siempre iniciar una colección. ¿También el Michol habrá regresado a su cauce? ¿También el lodo de las tumbas se irá secando poco a poco? Habrá que, como ha dicho José, ir a visitarte cuanto antes.

El primero en regresar ha sido José, apenas veo cómo entra corriendo hasta asomarse al patio, desde la cocina veo cómo va de uno a otro lado revisando las distintas marcas, voltea hacia la cocina, me mira y sonríe. Desde allí me pregunta con un dejo de tristeza.

—¿Tendremos que ir a clases?

Esta noche ha sido la primera después de tanto tiempo en que he podido permanecer despierta sin tener que escuchar el repiqueteo eterno de la lluvia. Eso sí, los ronquidos de mi marido no han cambiado absolutamente nada. Mañana irá personalmente a evaluar los daños en el rancho, Puente de Piedra nuevamente ha dejado libre el paso, lo acompañará Antonio. Mi marido anda con una angustia trabada en los ojos, yo lo entiendo, no es para menos haber perdido tanto dinero por la muerte del semental. Por más que diga que lo que menos importa es lo material y que solo quiere cerciorarse, yo sostengo que con aquel derrumbe del establo y la muerte del toro, él también se derrumbó un poco. Hemos decidido que las niñas se queden en casa, a mí me acompañará José al cementerio. Por más que mi marido hablaba y hablaba que no era conveniente por aquello del lodo.

—Y, sobre todo —decía—, ¿qué caso tiene que vayas?, puedes esperar otros días.

¡Pero no!, pudo más mi razón. Esa tumba es lo único mío, mío, que tengo en Salto de Agua.

Por eso, a estas horas, mientras mi marido seguro anda ya con mi hijo Antonio tratando de ayudar a desenterrar al semental o a levantar los escombros de lo que fue el establo, y mientras mis vecinos se afanan en recoger lo poco que han podido salvar de sus pertenencias, José y yo caminamos de prisa sorteando el lodo del camino. Yo cargando un pequeño azadón y una cubeta, y él con un machete. De reojo, veo cómo mi hijo discretamente voltea a uno y otro lado, como si estuviera buscando algo.

—¡Allá está el portón! —le digo. Y con mi mano le señalo por donde puede ir pisando. Aún hay mucho lodo, por eso decidí que ambos trajéramos nuestras botas de hule, a pesar del calor bochornoso que nos abraza. Entramos caminamos por la vereda que hemos transitado muchísimas veces a lo largo de estos tres años de la muerte de mi padre, esquivamos algunas cruces tiradas por el camino, las recojo, a algunas las coloco donde yo pienso que les corresponde, de las que no puedo saber, solo las dejo al borde del camino; también recojo y acomodo algunos floreros. Con cierta tranquilidad puedo ver que las tumbas de cemento solamente están llenas de lodo. Me da un poco de pena ver que las que estaban a ras de suelo, han sido deslavadas. Seguimos caminando, mi paso cada vez más ligero, hay una especie de angustia por saber cómo voy a encontrarlo, volteo a ver a José, de alguna manera sigue tras de mí, siguiendo mi paso, finalmente me detengo. Allí está la tumba del abuelo.

Comenzamos la labor de limpieza, José con un brillo de alegría en los ojos, retirando la basura que se ha quedado trabada en la herrería; yo, con el azadón tratando de retirar el lodo que, para este mediodía y con los calores de este pueblo, se ha ido encostrando entre las barras de metal y la loza de cemento. Veo a mi alrededor ¡Completamente solos! Tomamos un pequeño descanso, la obsesión con la que hemos abordado nuestra tarea, ha hecho que en tan corto tiempo hayamos logrado avanzar tanto. Veo a mi hijo José, le sonrío y le pregunto.

—¿Piensas que es una locura todo esto?

Y él me contesta casi a bocajarro:

—Cada uno tiene sus propias penas. —Y después sonríe en silencio.

Lo abrazo mientras recorro con la punta de mis dedos la frase que me ordenó mi padre grabar en su sepulcro, como epitafio: ¡Los calores de Salto de Agua, solo en el infierno!

Te acuerdas de ella hermano

>Conservar algo que me ayude a recordarte
>sería admitir que te puedo olvidar.
>
>William Shakespeare

Apúrate que pronto caerá la noche. Date prisa, hermano. Ya sé que no te aguantan las piernas, pero ni modo, haz de cuenta que las tienes nuevas. Sí, hermano, ya sé que el crepúsculo te llena el alma de resquemor y angustia, pero, ¿cómo putas te hago entender que, si nos coge la noche en esta brecha, nos va a cargar la tía de las muchachas? Corre, por Dios bendito, corre, por lo que más quieras. Corre o te vas a quedar tendido estirando la pata. Como aquel ladino que bien recordarás, hermano, el hijo de doña Lupita, al que le decíamos Cagamilpa.

¿Te acuerdas?

Por dios, hermano, allí a la vueltecita, en el recodo, se alcanza a ver la luz del rancho. Solamente es cosa de que te animes para lograr llegar a buena hora. Allí nos espera mamá con un pote de café caliente, endulzado con piloncillo. Ya me lo estoy saboreando, hermano. Un cigarro liado con el tabaco encurtido en aguardiente de caña. Apúrate, pues, que de tanto pensar en la penumbra, se me va nublando la cabeza.

Como me acuerdo ahora de la maestra gringa, hermano, Miss Johnson. Miss Margaret Johnson. Pecosa, delgada, pelo rojizo. Los ojos azules. Su sonrisa, hermano, era una bendición verla cada mañana. Miss Johnson y sus manos también pecosas, y sus pechos. Pecosa toda ella. La miss

Johnson que nos enseñó, primero, la lectura. Y a escribir. Y a conocer el mundo en la biblioteca de padre. Y conforme fuimos creciendo, nos enseñó también la vida. La miss Johnson que, cumplidos los dieciséis años, nos enseñó de cómo va la cosa de la mujer y el hombre. La Miss Johnson, hermano. ¡Margaret! Y su cuerpo desnudo, las piernas maravillosamente bellas, la espalda tan pronunciada, tan lisita, tan olorosa. Y las nalgas, hermano. Uno podía reposar la vida entera en ellas. Aquel silencio después de haber yacido en su lecho, aquella sonrisa con la que nos envolvía, aquella mirada tan de madre, tan de santa, tan suya. Y aquel beso con el que nos despedía.

¿Qué sería de ella, hermano? ¿Qué sería de Miss Johnson? Margaret Johnson. ¿Te acuerdas de ella, hermano?

¿Te acuerdas de ella?

Por fin allí la casa, hermano. Hasta aquí los ladridos de los perros. La silueta de mamá, recortada en la puerta. La movedera de cola de los perros. Fue larga la jornada, hermano. Fue largo el camino desde que se te averió la camioneta, desde que decidiste seguir a pie, a pesar de tu miedo a la penumbra, desde que te animaste a tomar entre tus manos, mi urna. El abrazo a mamá, el llanto y las plegarias.

Finalmente, de vuelta a la casa, hermano. Finalmente, descansaré como siempre pedí hacerlo. Mañana, una vez despunte el alba, esparzan mis cenizas.

¿Qué sería de Miss Margaret Johnson? ¿Te acuerdas de ella, hermano?

Berriozábal

> La lluvia cayó sobre mi cabeza.
> Y el viento me volvió loco,
> sordo y ciego.
>
> Edgar Allan Poe

La historia no la viví yo, me la contaron, pero, había tanta ansiedad de quien me la dijo que no tuve más remedio que creerla a pies juntillas.

Pasó la noche que cabalgó entre el tres y el cuatro de febrero, empezó diciendo el hombre aquel. Allí en Berriozábal.

—Las gentes, dijo (refiriéndose a que muchos hicieron lo mismo, o más bien, a que todos lo hicieron), se encerraron temprano en sus casas.

—Temprano me refiero a las diez de la noche, agregó. Y lo hizo a esa hora porque, así como si nada, todo quedó invadido de un enorme silencio.

—Nada se oía, viera usted, me dijo.

Al decir, —invadido en un gran silencio—, quiero decir que de pronto, todo mundo tuvo miedo, —y todo mundo, decía él, me refiero a que no solamente la gente, sino también a los perros y los gallos, y a las ranas y los grillos que tan propensos son para el escándalo quedamos mudos, al vernos inmersos en aquel silencio.

Dentro de las casas, las gentes se miraban entre ellos, con miradas de miedo. Con esas miradas que se preguntan sin hallar respuestas. Con esas miradas que solo están esperando a que pase algo. Pero no me refiero a algo terrenal, sino a que pase algo extraño.

—En particular, porque estoy hablando, dijo él, del Berriozábal de hoy en día. Con sus calles y avenidas amplias y bien pavimentadas. Del Berriozábal lleno de moto-taxis, y sus Oxxo y cundido de farmacias. Y de sus casas de block y ladrillo, y ventanas de aluminio, y lozas de concreto, puntualizó.

Aquí, mi interlocutor hizo una pausa y lo descubrí con la mirada perdida. Enseguida siguió contándome la historia.

—El silencio del que le hablo, tardó un par de horas, dijo. Haga usted de cuenta de que no existía nada.

Entonces comenzó el viento fuerte a darse vuelta entre las casas, corría de un lado a otro por las calles, como si al mismo viento lo estuvieran persiguiendo. Como si él también tuviera miedo como el resto de nosotros. Corría de un lado a otro, y daba vueltas y vueltas, como en círculos, y con una ansiedad por querer meterse a las casas, para guarecerse de algo o de alguien, vaya usted a saber de qué o de quién.

El viento empezó a chiflar y a chillar entre las rendijas de puertas y ventanas, entre las pequeñas hendiduras que encontró entre casa y casa. Empezó a sacudir las hojas y las ramas de los árboles. A mecerlos con fuerza. Y entonces el viento dejó de pronto de moverse, se quedó quieto y dio paso a la llovizna fina, a pelusa de agua que trae solamente frío y humedad. Ese frío y esa humedad que traspasa cualquier cobija y que se mete hasta los huesos. Que cala y provoca el castañeteo de dientes y pone la carne de gallina. Y después de un tiempo, otra vez el viento dando vueltas y vueltas. Y todas las gentes pendientes y con el miedo mordiéndoles el sueño.

—A las cuatro de la mañana, cesó el viento y cesó también la llovizna fina, volvió aquel gran silencio, y de pronto, el traqueteo. Trac, trac, trac, trac, una carreta de llantas de hierro, la yunta de bueyes. Hasta el chirrido de la tarima inclinándose a uno y otro lado. Las calles eran nuevamente empedradas, viera usted, y nuestras casas, de nuevo de adobe y piso de tierra, y nuestros techos o de tejas o de lámina. Y la neblina tan baja y tan espesa.

¿Cómo había sido posible todo esto?, nos preguntamos entonces.

Berriozábal quedó sumida en ese silencio durante las siguientes dos horas, y volvió a verse enredada en la ciudad fantasma de los años setenta.

—Yo tuve el valor de apartarme de la familia, me dijo el hombre aquel, y asomé por la puerta. Y vi las calles de piedra, y a pesar de la niebla tan espesa, vi la carreta y vi también la yunta. Eran, un buey negro y un buey blanco. Y también alcancé a ver la silueta del hombre, de él, tan solo la silueta, agregó.

A las seis en punto de la mañana del día cuatro de febrero, el viento fuerte, empezó de nuevo. Cerró de un portazo mi casa, dejándome fuera, en medio de la calle. Y otra vez dando vueltas y vueltas con un ímpetu que lo llevaba de uno a otro lado. Y sacudió las láminas, y botó las tejas, y quiso arrancar los árboles de un tajo. Y así como llegó, se fue el viento. Para entonces, empezaba a despuntar el día. Y allí, a lo lejos, muy tímido el canto de un gallo, el ladrido de un perro.

—Qué estás haciendo tan temprano fuera de la casa, me preguntó mi mamá. Al verme parado en medio de la calle.

¿No tienes frío?, dijo.

Tengo, le respondí. Y entré a la casa.

Bebimos café caliente. Los dos allí, sentados en la cocina.

Nuestras miradas cruzándose de tiempo en tiempo. Nuestras angustias estaban allí pendiendo de las pestañas.

—Usted también oyó el viento, le dije a mi mamá.

Ella dio un sorbo a su taza de café, como queriendo hacerse de la que no había oído mi pregunta.

—Y el traqueteo de la carreta, dijo entonces mi mamá, a modo de respuesta.

El hombre aquel, —el que me contó la historia—, me aseguró que todo lo que me dijo, había sido cierto, también me dijo que, si no lo creía yo, que estaba en mi derecho de hacerlo.

—fue la noche que cabalgó entre el tres y el cuatro de febrero, me dijo. La noche de anoche le dije a mi mujer que estaba acostada junto a mí.

Y anoche también hubo mucho viento, le dije. Y son las seis de la mañana.

—Asómate a ver si está la carreta, dice mi mujer, y me da la espalda y se queda dormida.

Y aquí estoy tomando un café, y contándoles esta historia. Y tengo tanto miedo de asomarme por la puerta y saber qué pasó allí afuera.

Made in the USA
Columbia, SC
31 May 2023